Sonya
ソーニャ文庫

政敵の王子と結婚しましたが、推しなので愛は望みません！

春日部こみと

JN153866

イースト・プレス

contents

序章

アイリーン・アンバー・ランドンは急いでいた。

日はもうとっぷりと暮れてしまった。今日は雲が多いようで月明かりも乏《とぼ》しく、ランタンの明かりがなければ道も分からないほどだ。

今日の分の仕事が終わらず、結局こんな時間までかかってしまったのだ。

(……急がなくちゃ、お母さんが待ってる……！)

母は毎晩、アイリーンが帰宅するまで夕食を取らず待っていてくれる。

アイリーンは「先に食べていていいよ」と言うのだが、母は「あなたの顔を見ながら食べた方が美味しいのよ」と笑うばかり。

(お母さん、自分が働けなくなったから、気にしてるんだよね……)

アイリーンの母のサラは、つい数ヶ月前まで、アイリーンと同じ職場で働いていたが、体を壊して以来自宅で療養《りょうよう》している。

母が体を壊したのも無理はない。

母娘《おやこ》が働いていたのはマンスフィールド修道院の石鹸《せっけん》工房だ。

石鹸作りの工程には、合わせた材料を一時間以上攪拌《かくはん》し続けなければいけないというものもあり、これがなかなか重労働なのだ。アイリーンのような若い女性でも肩や腰が痛くなるのだから、母にはかなり応《こた》えたらしく、腰痛は母の持病となった。

それでも騙《だま》し騙しなんとか仕事を続けていたが、先日ついに気を失うほどの激痛に見舞われ、ベッドの上の住人となってしまったのだ。

数日間はまともにお手洗いにも行けないほどの状態だったが、一週間後には日常生活ができる程度まで回復した。しかし医師からは仕事を続けるのは不可能と言われてしまったのである。

働けなくなるということは、収入がなくなるということだ。

サラは青ざめたが、幸いなことに、ランドン家には母以外にも働き手があった。

言うまでもなく自分——アイリーンである。

今年十六歳になったアイリーンは、修道院長であるアントニアに工房で働く許可を得ていた。

ランドン家は母一人子一人の二人家族だ。本当ならもっと早くから働いて母を助けたかったのだが、アントニアが「子どもは十五歳まで勉学に勤しむべき」という信念を持っていて、修道院で行われている「子ども学校」に通っている間は、働く許可を与えてくれなかったのだ。

とはいえアントニアの「子ども学校」では、字の読み書きや簡単な計算を教わることができたのだから、感謝こそすれ、文句を言うつもりなど一切ない。

（ようやく働けるようになって、お母さんを助けることができる。だから私も嬉しいのに。私がお母さんの分まで働けるから、それで十分だと思うんだけどなぁ……）

工房からは毎月しっかりとした額のお給金が貰えている。

母娘が生きていくには十分なのに、母はアイリーンだけを働かせているのが申し訳ないと思ってしまうようなのだ。

『ごめんね、アイリーン。私がこんな体じゃなければ、もっと楽をさせてあげられるのに……』

毎日のように謝られ、アイリーンは困ってしまっている。

母は工房で働けなくとも、料理や洗濯、掃除など家の仕事を担《にな》ってくれているのだから、それで十分だ。それに最近、アイリーンは石鹸工房ではなく香水工房へと職場が異動になった。どうやら嗅覚が他の人よりも鋭敏《えいびん》であるらしく、それを見込まれて調香の仕事をすることになったのだ。石鹸作りと違い、調香の仕事は研究職なので、あまり力仕事はない。その代わり科学の知識が必要となるため、たくさん勉強をしなければならなかったが、勉強はアイリーンの性《しょう》に合っていたらしく苦ではなかったし、調香の仕事はとても面白く、天職なのではないかと思っているほどだ。

だから働くことは嫌ではないし、むしろ楽しい。その楽しい仕事で家族が食べていけるなら、これほど幸福なことはないではないか。

そう言葉で伝えても母はなかなか納得できないらしく、今日も出がけに「ごめんね」と謝られてしまった。

夕食を先に食べずに待っているのも、母のその罪悪感によるものなのだろう。

「先に食べててくれて、全然いいんだけどなぁ……」

思わずボヤくような呟きが漏れてしまう。

二人とも冷めた料理を食べるより、どちらか一人でも一番美味しい状態で食べた方が良いと思うのは、自分だけだろうか。もちろんアイリーンも、一人で食べるより誰かと食べる方が美味しいという意見も一理あると思う。だが母の場合は自分に対する不要な罪悪感によるものが大きい気がしてしまうのだ。

母のことは好きだし尊敬もしている。

なにしろ、十八歳でアイリーンを産み、女手ひとつでここまで育ててくれた人だ。

あと二年もしたら、アイリーンの年齢は母が自分を産んだ歳と同じになるのだが、とてもではないが無理だと思ってしまう。働けるようになったとはいえ、自分はまだまだ子どもだと思うし、母に甘えている部分も大きい。自分のことも満足にできていないのに、子どもの面倒を見るなんてとんでもない。

おまけに、母にとって自分は望んでできた子ではなかったのだ。

母は、とある伯爵家にメイドとして奉公していたのだが、美貌《びぼう》が災いして伯爵に手籠《てご》めにされてしまった。強姦された結果アイリーンを孕《みごも》ったというわけだ。

まさに悲劇だ。

その上、母の方が被害者だというのに、妊娠してしまったことで伯爵家から解雇され放《ほう》逐《ちく》された。伯爵家は母に慰謝料を払うどころか、次の就職先への紹介状すら書いてくれなかった。

メイドなどといった、貴族の屋敷に住み込みで働く家事使用人という職は、前の雇い主の紹介状がなければ、次の職場を得ることは非常に難しい。

すなわち、伯爵家は母に「死ね」と言ったも同然なのだ。

だが母は死ななかった。それどころか、自力で住む所と職を手に入れた。

身重《みおも》の体となれば、メイドどころか他の職を得るのも困難だっただろうに、母はそれでも雇ってくれる場所を探したのだ。

その結果、辿り着いたのがマンスフィールド修道院だった。

当時からマンスフィールド修道院は、身寄りのない子どもや行き場のない女性を支援していることで有名だったし、その女性たちが働く場所として石鹸工房や薬草園を開いたことても話題になっていたらしい。

新聞に載《の》っていた記事でそれ知った母は、なけなしの金で汽車の切符を買い、半日かけてマンスフィールド修道院に辿り着いた。

そして修道院長に直談判《じかだんぱん》し、見事雇ってもらうことに成功したのだ。

逞《たくま》しすぎる。

そんな逞しい母だったが、逞しいがゆえに、自分が働けなくなったという現実は受け入れ難《がた》いことなのかもしれない。

（これまでずっと、お母さんが私を支えてきてくれたんだから、今度は私が支えるよって思うんだけどなぁ……）

母にとっては、自分が支えられる立場になるには、もう少し心の準備が必要なのだろう。

十八歳で母親になって以来ずっと頼られる立場であった人だから、切り替えができないのも無理はない。

難しいものである。

それに、母のサラはまだ三十四歳で、働き盛りといってもいい年齢だ。

（引退生活をするにはまだ早い！　とか思ってそう……。っていうか、お母さん、私に構ってばかりいないで、いい人でも見つけたらいいのに）

『母親である』という意識が強すぎるのかもしれないが、母はまだ若く、美しい。恋人ができたとしても何らおかしいことではないのに。

とはいえ、若い時分に男に酷い目に遭《あ》わされた人だ。男性に対して恋愛感情が湧かないとしても、仕方ないのかもしれない。

「はぁ、とにかく、急がないと……！」

母に対して思うところは多々あれど、ともあれ今は急いで家に帰らなくては。

アイリーンは足をさらに速く動かして家路を急いだ。

しばらくして、街の外れにある小さな我が家に辿り着いた時、アイリーンは得体の知れない違和感を覚えて眉根を寄せた。

（……窓のカーテンが閉まってる。いつも開けたままにしてるのに……）

母はアイリーンの帰宅が遅くなる時、家の窓のカーテンを敢えて開けている。娘が帰ってくる夜道を、少しでも明るくしたいと思ってのことか、カーテンはアイリーンが帰宅した後で閉めるのが習慣になっているのだ。

そのカーテンが、閉まっている。

何か嫌な予感がして、アイリーンは急いで家のドアをノックした。

「お母さん、ただいま！」

どうしてかできるだけ大声を出さねばならない気がして、叫ぶようにして言いながら、母が鍵を開けてくれるのを待つ。

すると、いつもなら「おかえり」という声と共に開くドアが、無言のまま開かれた。

「——おか……ッ！」

お母さん、と呼びかけようとした声が途切れる。

開いたドアから顔を現したのは、母ではなかった。

見たこともない、中年の男だ。大柄で、汚れた衣服を纏《まと》い、顔は髭《ひげ》で覆われている。

(——誰!?)

一瞬にしてパニックに陥《おちい》ったアイリーンの口を、男が下卑《げび》た笑いを浮かべながら手で塞《ふさ》いできた。そのまま小脇に抱えられ、家の中に引き摺り込まれる。

「んー！　んんっ！　うー！」

驚き焦って手足をバタバタさせて暴れると、男はチッと舌打ちをして頭を殴りつけてきた。

ゴン、という衝撃と共に目の前に火花が散り、アイリーンは慄《おのの》いた。

痛みに対してというより、今自分が暴力に晒《さら》されているという事実に、腹の底から恐怖が込み上げてきたのだ。

「おい、見てみろ！　どうやら娘もいたらしいぞ！」

愉快そうな声で男が言うと、中から数人の男の声が聞こえてきた。

「おお！　なんだよ、母娘かよ。こりゃ楽しめそうだなぁ」

「おっ、娘の方も上玉じゃねぇか、ヒヒ、良い夜になるなぁ！」

とんでもない会話にギョッとして目を凝《こ》らすと、ダイニングに男が二人いて、テーブルの上で母を組み敷いていた。母が用意していたであろう料理が、皿ごと落とされたのか、床が悲惨《ひさん》な有様になっている。

（お母さん!!）

アイリーンは叫びたかったが、口を塞がれていてままならない。

母は殴られて気絶しているのか、目を閉じて口は開いたまま、ピクリとも動かなかった。

まさか死んでいるのだろうかと思い、またゾッと血の気が引く。

（どうして……なんで、こんなことに!?）

おそらくこの男たちは強盗だろう。この街は大きくはないが、マンスフィールド修道院の工房という、大きな働き口ができたおかげで、人口が増え経済が発展した。

急速に豊かになったせいで、最近この街を狙った強盗事件が多発するようになっていた。

ならず者たちがこの街に照準を合わせるようになったのだ。

この男たちもそういう類《たぐい》の連中なのだろう。

アイリーンたちの家は、街の中心から外れた森の近くにある。周囲に人家も少なく、騒ぎが起きても気づかれにくい。そこを狙われたのだろう。

「おい、着てるもん脱がせろよ。雰囲気が出ねえ」

「せっかく気絶して静かなのに、起こす必要もないだろ」

「起きたならまた殴りゃいい。どうせ殺すんだ」

「まあ、そりゃそうか」

母の上に覆い被さる男たちが、とんでもないことを冗談のように言って笑い合っている。

「ん――ッ！　んん――ッ!!」

アイリーンは必死で声を上げた。母を起こそうとしたのか、男たちへの罵倒《ばとう》だったのかは自分でも分からない。だがこの悲惨で理不尽な状況に対する抗議であったことは間違いない。

「うるせえな！　黙れ！」

アイリーンを捕まえている男にまた殴りつけられたが、目の前で母親が犯されそうになっているのに黙っていられるわけがない。

男は頭を殴る際にアイリーンの口を塞いでいた手を放した。

その瞬間を見逃さず、口を大きく開いて男の腕に思い切り噛みついてやる。

「いってえ！　このクソが！」

男が大声で叫び、アイリーンを蹴り飛ばした。

「グァッ！」

容赦のない重い蹴りが鳩尾《みぞおち》に入り、強烈な吐き気に目の前が暗くなる。ガンッ、と背中と後頭部に衝撃を受け、自分が蹴り飛ばされ家の壁に衝突したのだと分かった。投げられた雑巾《ぞうきん》のように体がボトリと床に落ちた。起きなくてはと思うのに、全身が麻痺したように体が動かない。

意識が途切れそうになるのを感じて、アイリーンは歯を食いしばって吐き気を堪えた。

このまま失神してなるものか。

失神すれば、この男たちに母も自分も輪姦された挙句、殺されてしまう。

アイリーンは震える四肢《しし》に鞭《むち》打って、這《は》いつくばるようにして体を丸めた。

（……なんとか、しなくちゃ……！　私が、お母さんを守って……二人でなんとか逃げなくちゃ……！）

だが、どうすればいいのか。

こんな大男たち三人を相手に、自分のような小娘一人に何ができるというのか。

助けを求めようにも、一番近い民家でも歩いて十分はかかる距離だ。大声を出しても届くわけがない。

そもそも、アイリーン自身が今にも犯されんばかりの状況だ。

恐ろしさに体がガクガクと震え始めるのを、自分の腕に爪を立てることで止めた。

（考えるの。考えなさい、アイリーン！　なんとかしてこの状況を打開しなくちゃ……！）

奥歯を噛み締めて腹に力を込めると、アイリーンは膝を立てて立ち上がる。

そして壁に立てかけてあった灰かき棒を握って構えた。

もう暖かくなり暖炉に火は入っていないが、この後来る雨季には肌寒い日があるため、暖炉用具はまだ出したままだった。殺傷能力が高い武器とはいえないが、ないよりマシというやつだ。

するとそれを見た男たちがゲラゲラと笑い出した。

「おいおい、そんな怖い棒を持ち出して、何しようってんだ、嬢ちゃん！」

「もしかして、それで俺たちを叩きのめそうとでも？」

「ひゃ〜！　おっかないぜ〜！　ギャハハハハ！」

ばかにするように囃《はや》し立てて笑う男たちに、灰かき棒を握る手から力が抜けそうになる。

男たちがばかにするのも無理はない。こんな棒を持って立ち向かったところで、男たちの腕の一振りでなぎ払われてしまうだろう。

だがこのままいいようにされるのだけは我慢がならない。

愛する母を守るために、何もしない自分ではいたくなかった。

(この獣どもに、私とお母さんの尊厳を破壊させたりしない。勝てなくてもいい。最後まで抵抗してやる……！)

ぼたぼたと涙がこぼれる。怖いからではない。悔しいからだ。

自分たちが謂《いわ》れのない理不尽な暴力に晒されている事実に、この上なく腹を立てていた。

(私が何をした？　お母さんが何をしたというの！　何もしていない！　ただ毎日を慎《つつ》ましく暮らしていただけ。それなのに、この男たちはそれを壊しただけでなく、私たちを弄び、貪って、殺そうとしている。どうしてこんなことが許されるの!?)

なぜ自分が死ななくてはならないのかと思う。この悪魔のような男たちこそが死ぬべきだ。だが力がないがために、おもちゃのように扱われ殺される。男たちにとって自分や母の尊厳どころか、命すら取るに足りない塵芥《ちりあくた》と同じなのだ。

(許さない……！　私は絶対にこいつらを許さない！　こんな醜くくだらない獣に屈してなんかやるもんか。一筋でもいい。こいつらに傷を作って、そして犯される前に自分で喉を掻《か》き切って死んでやる……)

口の中に錆《さび》の味が広がる。きっと蹴られたり殴られたりした時に、口の中を切ったのだろう。奥歯が妙に熱い気がするから、もしかしたら歯が折れたのかもしれない。

だが、痛みは感じなかった。そんなものを感じるより、怒りの方が強かった。他者から理不尽に侵害されることへの怒りで、頭の中が焼け焦《こ》げそうだ。

フーッ、フーッと細く熱い息を吐き出しながら男たちを凝視していると、その内の一人が笑うのをやめ、面白くなさそうに鼻を鳴らした。

「……ちっ、生意気な小娘だ。なんだよその目は」

唾を吐き捨てながらそう言うと、男はツカツカとアイリーンの方へ歩み寄ってくる。

するとその殺気に気づいたのか、仲間が慌てたように声をかけた。

「おい、殺すなよ。俺は死姦の趣味はねえんだ」

「うるせえよ。俺はこいつの目が気に入らねえんだ！」

男は叫ぶように言って、アイリーンの方へ毛むくじゃらな手を伸ばす。

アイリーンはとっさにその腕を灰かき棒で殴った。

バイン、と細い金属の棒が撓《たわ》み、男が腕を抱えて悲鳴を上げる。

「ってえ！　このやろう！」

「触るな！　私にも、お母さんにも触るな！　お前らみんな、地獄に堕ちろ！」

がなり立てると、喉がビリビリと痛んだ。こんなに大声で叫んだのは生まれて初めてかもしれない。

（お母さん！）

アイリーンは歪んだ灰かき棒を摑んだまま、母のいる方向へ向かって突進した。母を守らなくては。

「おぉっとぉ！　どこへ行く気なのかなぁ？」

だが男の一人が目の前に立ち塞がり、アイリーンの持っていた灰かき棒を摑み、奪い取ろうとする。

「放せ！」

「おーお、威勢が良い小娘だ」

　男はニヤニヤと笑いながら、灰かき棒を摑んだ手をブンと振り回した。放すまいと灰かき棒に必死にしがみ付いていたアイリーンは、男のその動きで体勢を崩しよろめいてしまう。倒れそうになったが、背中が誰かとぶつかってギョッとする。

（しまった、挟まれた……！）

　焦った瞬間、髪の毛を摑まれて宙吊りにされた。

「……ッ！」

　プチ、プチと頭皮から髪の毛が抜ける音が聞こえる。頭の皮が全部持っていかれそうな痛みに涙が滲《にじ》んだが、それを拭《ぬぐ》う暇《ひま》もなく頰《ほお》を打たれる。

　バシ、バシ、バシ、と立て続けに頰を張られ、頭が揺れて耳鳴りがし、何がなんだか分からなくなっていく。

「このやろう！　俺を殴りやがって！　ブタの分際で！」

　殴っているのはアイリーンが灰かき棒で殴った男なのだろう。大声で叫びながら、なおも顔を殴り続ける。顔が熱い。痛みというより、膨張《ぼうちょう》感で苦しかった。

「おい、いい加減にしとけ。顔が腫《は》れ上がって変形してんだろ。せっかく上玉だったのに。不細工だとヤル気が半減するんだよ、俺ァ」

「ウルセェよ！　目にものを見せてやる、クソが、この、バカ女が！」

男は仲間が止めるのも聞かず、アイリーンの顔を殴り続ける。

「おい、やめろって――」

仲間の男がさらに止めようと声をかけたその時、玄関の扉が蹴破られるような破壊音がした。

「な、なんだ⁉」

「おい、鍵はかけたんだろうな？」

狼狽《うろた》える男たちの前に、弾丸のような速さで突撃してきたのは、一人の騎士だった。なぜ騎士だと分かったかと言えば、その人物が黒っぽい騎士服を身に着け、長剣を構えていたからだ。

騎士は無言のまま、手にした長剣であっという間に男たちを斬り倒していく。その流れるような所作はまるで舞のようで、優雅ですらあった。男たちは、それぞれ喉、心臓、目を貫かれ、声を上げる暇もなく一太刀で絶命していった。

まるで狩りをする肉食獣のような――いや、旋風《せんぷう》のような素早さだった。

自分を摑み上げていた男が倒れると同時に、床の上に投げ出されたアイリーンは、殴られて腫れ上がった顔のせいで狭まった視界の中、状況を見定めようと必死に目を凝らす。

男たちを倒してくれたが、この騎士が自分の味方であるとは限らない。

もしこの騎士も自分たちに害をなす目的で現れたのならば、逃げなくては。だが逃げようともがくのに、手足が震えてまともに動いてくれない。肘《ひじ》を突っ張りようやく頭を起こしたのに、男たちの血で滑《すべ》り、また床の上に突っ伏してしまった。むせかえるような血の匂いに吐き気が込み上げる。家の中が真っ赤に染まっていた。もうめちゃくちゃだ。目の前の光景も、体の痛みも、全て現実とは思えなかった。

「うっ……ううっ……」

情けなくて、悔しくて、嗚咽《おえつ》が込み上げた。

逃げなくてはいけないのに――自分や母の命が危ういこんな状況で、起き上がることすらできないなんて。自分はなんて脆弱《ぜいじゃく》で、矮小《わいしょう》な存在なのだろう。

(でも、どうして私たちがこんな目に遭《あ》わなくてはならないの!?　私たちはただ日々を生きてきただけなのに。何も悪いことなどしていないのに……！)

理不尽だ。そんな理不尽を受け入れたくない。なのに、弱いから受け入れざるを得ない。

弱いことは罪だというのか。

いいや、罪など存在しない。なぜなら、罪は神が決めたものだからだ。

だが神など存在しない。存在していれば、今アイリーンがこんな目に遭っているはずがない。

神がいないなら、罪も存在しない。弱ければ、強い者に嬲《なぶ》られる――それは罪ではなく、ただの事実だ。

「う、わぁあああああ！　あああああああ！」

アイリーンは泣いた。子どものように、涙と鼻水で顔をぐちゃぐちゃにして啼泣《ていきゅう》した。

でなければ、今自分の身に起きたこの理不尽を、受け止めることができなかったのだ。

逃げることも忘れて床の上で号泣するアイリーンに、ふわりと何かが被せられる。

ギョッとして身を硬くすると、低い声が真上から降ってきた。

「遅くなってすまなかった」

謝られてパッと顔を上げると、先ほどの騎士が自分の傍にしゃがみ込んでいた。

美しい男性だった。三人の男を一瞬にして全員斬殺した当人だというのに、返り血すら浴びていない白い顔《かんばせ》は一点の汚れもなく、まるで絵画の天使のように清らかだった。こちらをまっすぐに見つめる金色の瞳には、善も悪も超越したような透明な光があった。

「…………」

声をかけられても、アイリーンは咄嗟《とっさ》に返事ができなかった。

この騎士が自分に危害を加えないという確信がなかったからだ。

号泣した表情のまま身を硬くするアイリーンに、騎士は気の毒そうに眉根を寄せると、スッと一歩退いた。

「怖がらせてすまない。俺は……我々は、シタン聖騎士団だ。この街を狙った強盗事件が頻発していることから、領主の依頼を受けて国王より派遣された」

「シタン……聖騎士団……」

シタン教はこの国、バーガンディ王国の国教であり、その最高擁護者——すなわち首長はバーガンディ王であるとされている。

その名を冠した聖騎士団となれば、国王陛下直属の軍事機関であるということだ。

こんな田舎の街にそんな高位の騎士たちが派遣されるなんて驚きだったが、男性の身につけている騎士服を見て納得する。パッと見ても分かるほどに、上質な生地と上等な仕立てだ。

そういえば、と自分にかけられている布を見れば、それは騎士服のコートで、これまた見たこともないほど豪華な作りのものだった。

（この刺繍は、金糸じゃないの……）

明らかに本物の金を使っている輝きである。

こんな高級品を制服にできる軍隊はそうない。

つまりこの男性は本物の聖騎士で、自分たちを助けてくれたのだ。

そう実感した途端、体から力が抜けた。

「……じゃ、じゃあ、私を、助けてくださったのですか……？」

今更ながらの呟《つぶや》きに、男性は少しだけ頬を緩《ゆる》ませる。

「そうだ。我々が来たからには、もう大丈夫だ」

優しい低い声で言われ、アイリーンの目にまた涙が滲み始めた。

（……もう大丈夫、もう、大丈夫なんだ……）

良かった。本当に良かった。

「あ、ありがとう、ございます……！　本当に、ありがとうございます……！」

ボタボタと涙をこぼしながら礼を言えば、騎士は首を横に振った。

「いや、俺がもう少し早く来ていれば、こんな惨状《さんじょう》にはならなかっただろうに、遅くなってすまない」

「いいえ、そんな……！　助けていただいただけでも十分です！　騎士様がいらっしゃらなければ、私も、母も……あっ！　お母さん……お母さんは……！」

母の無事を確かめたくて、アイリーンは立ち上がろうと膝を立てる。だが腰が抜けているのか、四肢に力が入らずその場で転んでしまった。

すると見かねた男性が手を差し伸べてくれた。

「触れるのを許してくれるなら、俺が手を貸そう」

「え、あの、私、血で汚れているので……」

自分の血ではなかったが、男たちの血で全身が汚れている。

上等な騎士の制服を汚したくなくて躊躇《ちゅうちょ》すれば、男性は「気にするな」と短く言った。

それでも助けてもらった上にそんなことまで、と気が引けたが、今は何より母の傍に行きたい気持ちが強く、アイリーンは「ありがとうございます」と頷いて彼の腕に自分の手を置いた。

彼に支えられながらなんとか母の傍まで行くと、母はまだ昏倒《こんとう》したままだった。息をしているのを確認した後、ホッと息をつく。気を失っていてくれて良かった。

（こんなおぞましい記憶なんてない方がいいもの……）

そう思いながら、母の服があちこちを破られて悲惨な状態になっていることに気づいて、慌てて羽織っていたコートを脱いでかける。

「あの、すみません。貸していただいた服なのに……」

「気にするな」

やってしまってから謝ったが、男性は気にしていないようで、また短く同じセリフを言った。

「……ご母堂《ぼどう》と君には、大変辛いことだったろう。気の毒に思う」

「あの、ありがとうございます。ですが、騎士様のおかげで、私も母も、その……最悪の事態になる前に助けていただいたので……」

母も自分も、この男性が来なければ犯されて殺されていただろう。

それを想像して、アイリーンは怖気《おぞけ》が走った。

あんなことができるあの男たちが悍《おぞ》ましく、恐ろしかった。そして同時に、腹の底にぐつぐつとした怒りが込み上げる。

「……っ、ありがとう、ございますっ……あの男たちを、殺してくださって……！　あなたは、私の神様です……！」

絞り出すように言ったアイリーンの言葉に、男性が驚いたように目を見張る。

だが怒りに駆られたアイリーンはそれに気づかず、荒れ狂う心の裡《うち》を衝動のままに吐き出した。

「あいつらは、死んで当然です！　あんな……恐ろしく、酷いことができるなんて、人間じゃない。本当は、私が殺してやりたかった！　だって、私が何をしたの！　お母さんが何をしたの!?　何もしていないんです。私たちは、あいつらに何も悪いことをしていない！　それなのに、あいつらは私たちをおもちゃのようにして殴り、痛め付けて、犯して、殺そうとした！　おかしいでしょう!?　なぜそんなことが許されるんですか!?　あいつらは罰を下されるべきだった！　あなたは罰を下してくださった！　だから、あなたは私の神様なんです……！」

早口で喋《しゃべ》るアイリーンを、男性が片手を上げることで止める。

「落ち着きなさい」

「……っ、す、すみません……」

「君は衝撃的な事件に巻き込まれて、動揺している。落ち着いて深呼吸をしなさい」

「……はい……」

促《うなが》されるままに深呼吸をしていると、男性は静かに息を吐いた後、口を開いた。

「……君は被害者で何も悪くないし、悪いのはこの襲撃者たちだ。君の怒りはもっともだし、この犯罪者たちの死を望むのも無理はない。……だが、怒りから他者の死を望んだところで、その先に幸福はない。幸福とは、赦《ゆる》しの先にあるものだからだ」

まるで牧師の説教のようなことを言われ、アイリーンは思わず「ハッ」と息を吐き出す。

「……で、では、私にこの男たちを赦せと？　他ならぬ、こいつらに罰を下したあなた様がおっしゃるのですか!?」

すると男性は首を横に振った。

「俺は罰を下したのではない。俺はただ殺しただけだ。――それが俺の職務だから」

淡々と「ただ殺した」と語る男性からは、善も悪も感じられない。

逞しい肩には静かで重い寂寥《せきりょう》が乗っているように見えて、それがかえって恐ろしく感じた。

「……職務、ですか」

「我々は国王陛下に仕える聖騎士団だ。勅命を受けて戦うのが我らの役目。今回は強盗団を討伐せよ、というご下命に従ったまで。だから、君のためにこの男たちに罰を下したわけではない」

きっぱりとお前のためではないと言われ、アイリーンはハッとなる。

彼に救われたことを、自分が特別視していることに気づかされたからだ。

（この方にとって、私やお母さんを救ったことは、単に職務の一環だったから。決して特別な出来事ではないのよ……）

アイリーンにとって衝撃的な悲劇であったとしても、騎士団員である彼にとっては、日常茶飯事であるのかもしれない。

（日々こうした理不尽と向き合わなくてはならない騎士様たちは、きっと多くの葛藤《かっとう》を抱えていらっしゃるに違いない……）

そう思うと、自分の中で猛《たけ》っていた怒りが鎮まっていくのを感じた。

「あの男たちを赦せとは言わない。ただ、自分が救われるために誰かを殺めようと考えるのは、君のためには決してならない。それだけは覚えておいてくれ」

平坦で抑揚のない口調でそう言うと、彼はクルリと踵《きびす》を返す。

「じきに我が隊の連中が追いつくだろう。その中に救護班がいるので、君とご母堂は手当てを受けるように。俺は周囲に残党がいないか確かめてから、領主の所へ向かう」

手短に説明すると、再び長剣を手に外へ向かった。

その頼もしい後ろ姿を見送りながら、アイリーンは未だ意識を取り戻さない母の手を握る。

あまりにもたくさんのことが一度に起きすぎた。これが夢だと思いたい自分もいたが、今になって痛み出してきた顔や体のあちこちが、それが現実だとアイリーンに伝えていた。

第一章

クライヴ・ユージーン・ガブリエルはうんざりしていた。

目の前には異母兄であり、このバーガンディ王国の王太子であるローレンスの得意げな表情がある。

「ふふん」とでも言いたげである。

二十八歳にもなってその顔はどうなんだと言いたくなったが、クライヴは口を噤《つぐ》んで目を伏せた。

幼い頃から、この兄とは相性が悪い。

というより、ローレンスが何かにつけて難癖《なんくせ》をつけてくるため、苦手になったと言うべきか。

思い返せば、あれは十歳の時――。

家庭教師の出した課題で、クライヴが自分より良い成績を取ったと腹を立て、「次に僕よりいい成績を取ったら許さないからな！」と教科書を破り捨てられた。それをされてクライヴが何を思ったかといえば、「こいつはなんて頭が悪いんだ」である。

そもそも勉学とは自分のためにやるものであって、他者と比較するためのものではない。なぜそれが分からないのか理解できない。そして成績はクライヴが決めるのではなく家庭教師が決めるのだから、文句は家庭教師に言ってくれ。

そう言うと、なぜか余計に腹を立てて掴みかかってきたので、避けたら勝手にすっ転んで怪我をしていた。膝を擦《す》り剝《む》いた程度の怪我だったが、これまたなぜかクライヴのせいになっていて、王妃がヒステリーを起こして顔を打たれた。今思い返しても納得がいかない。

兄のことなど気にせずそれまで通り勉学に勤しんだ結果、兄に成績を抜かれることは一度もなかった。

さらに言えば、勉学だけでなく剣術や馬術に関しても同じだ。

クライヴは運動能力が高く生まれついたようで、一度でも師の動きを見れば、それとそっくり同じ動きができるのだが、兄は何度やっても同じようにできなかった。おそらくだが、兄はあまり運動神経が発達しているタイプではないのだろう。

だがそれなら努力をすればいいと思うのだが、兄は鍛錬をサボってばかりだった。それでは上達するはずがない。

妬《ねた》まれる理由には、体格差もあったかもしれない。

亡くなったクライヴの母は、海を越えた大国スマルトの出身だ。スマルトは男女共に大柄な者が多く、母もまた然《しか》りだった。その母に似たため、クライヴは子どもの頃から大きかった。両親共にバーガンディ人である兄は、小柄な母妃に似て背が低く手脚が短いため、二ヶ月とはいえ兄であるローレンスよりも、弟のクライヴの方が背が高く、結局大人になるまで一度も抜かれたことがなかったのである。

実にくだらないが、ローレンスにとってそれも屈辱的なことだったのだろう。

（……ローレンスには何かにつけ目の敵《かたき》にされてきたから、好かれているとは思っていなかったが、まさかここまでされるとは……）

もう兄も自分も二十八歳になった。

子どもじみた嫉妬《しっと》は、もういい加減に卒業すべきではないだろうか。

クライヴは額に手をやって、深々とため息をついた。

するとそれが気に障《さわ》ったのか、ローレンスが苛立ったように金切り声を上げる。

「おい、なんだそのふざけた態度は！　貴様、自分の置かれた状況が分かっているのか⁉　お前は、陛下の許可なく勝手に聖騎士団を動かしたのだぞ！　越権《えっけん》行為に他ならない！　いや、これはもう陛下への反逆行為だ！　父上！　どうかクライヴを……この謀反《むほん》人を、反逆罪で捕らえてください！」

唾を飛ばしながら訴えるローレンスに同意するように、幾人かの貴族がうんうんと頷いている。

（……ロンデル侯爵たちか）

現王妃を支持する一派である。ロンデル侯爵家は、現王妃の実家で第一王子派の筆頭だ。

（そんなに邪険にしなくとも、王太子の座はローレンスのものになったではないか……）

兄が王太子となったのは去年のことだ。長らく王太子の座が空白のままにされていたのは、貴族たちが第一王子派と第二王子派できれいに二分されていたためだ。

父王には二人の妃がいた。

王子時代から妃であったのはローレンスの母の方で、後にスマルトとの政略結婚の話が持ち上がり、稼いで来たのがクライヴの母だ。他国の姫を側妃にするわけにはいかず、クライヴの母は正妃となり、結果としてローレンスの母は側妃となった。

ロンデル侯爵家は、かつて王妃であったクライヴの母が亡くなった後に自身の娘が王妃となってから、着々と権力を増大させていて、それを脅威に感じる貴族たちがクライヴを王太子に推していたのである。

とはいえ生母を亡くしたクライヴは、後ろ盾を喪ったも同然だった。母の祖国スマルトは現在も内乱状態であり、他国にかまけている時間も労力もないため、外孫であるクライヴに助け舟を出す余力がない。

国内外の情勢に鑑《かんが》みて父王が出した結論が、ローレンスの立太子だったのだ。

ちなみに、クライヴ自身は王位が欲しいなどと思ったことは一度もない。

なんなら王子という身分も要らないくらいだ。

（……富も権力も不要だ。俺は民と共に畑を耕《たがや》し、牛や羊を追って、穏やかに暮らしたい。……人を殺すことも傷つけることも、もうたくさんだ……）

クライヴは剣の才能があったことから、十八歳で成人したと同時に、父王の命令で聖騎士団の団長に就任した。後から聞いた話では、これは王妃の進言だったらしく、クライヴを危険な戦地に立たせることで戦死することを狙ったものだったようだ。

だが王妃の目論見《もくろみ》も虚しく、クライヴは王妃の放った暗殺者たちを撃退しつつ、任務を完遂《かんすい》した。つまり戦争を含めた戦いで、全勝したのである。その結果クライヴは国の英雄となってしまい、国民から支持を集めてしまったのだ。

（何が英雄だ）

クライヴは胸の裡で吐き捨てる。

（英雄などではない。ただ俺は、父王に命じられるままに人を傷つけ、殺してきただけだ。それの何が英雄だというのか）

それが自分の務めだと分かっている。聖騎士とは、シタン教とその首長であるバーガンディの王を守るために、それらを脅かす者たちを排除する者なのだから。

だがそれが分かっていても、自分が傷つけ、殺してきた者の記憶は消えてくれない。たとえそれが悪人であったとしても、自分が人を殺めたことに変わりはないのだ。

(……俺は英雄などではない)

クライヴはできればこの職を早く辞したいと思っていた。

――いや、この職だけではない。騎士団長も、王子も辞め、殺すことも殺されることとも無縁の場所でひっそりと穏やかに暮らせたら、どれほどいいだろうか。

そんなことを夢見る程度には、クライヴは自分の置かれた立場というものに疲れているのである。

とはいえ、クライヴのそんな心情など誰も気にしない。それは王妃たちだけでなく、クライヴを王太子に据えたい第二王子派の貴族たちも同じだ。

(どうして放っておいてくれないのか……)

王子という立場に生まれついた自分を呪うしかないのだろうか。

自分を取り巻く全ての環境にうんざりしつつも黙っていると、父王が困ったように声をかけてきた。

「クライヴ。お前の言い分を聞こう」

その言い方に、クライヴはもう一度ため息をつきたくなる。

要するに、父王は兄の言っていることを半分は信じているということだろう。

「……まず俺が申し上げたいのは、陛下の許可なく聖騎士団を動かしたという事実はありません。タガール河畔への進軍は、陛下から勅命を賜《たまわ》ったため行《おこな》ったものです」

先ほどから糾弾《きゅうだん》されているのは、半月前に西の国境付近で起きた異教徒の暴動を鎮圧した件だ。シタン教を国教とするこの国では、異教徒との小競り合いは日常茶飯事で、聖騎士団はその度に駆り出されて出兵している。

だから今回も、『タガール河畔で異教徒が起こした暴動を鎮圧せよ』という父王の勅命書を受けて、クライヴは何の疑問も抱かずに聖騎士団を動かしたのだ。

「だが陛下は勅命など出しておられない！」

クライヴの言葉を遮るように叫んだのは、もちろんローレンスだ。その表情は嬉々としている。

鈍い頭痛がしてきてこめかみを揉《も》みつつ、クライヴは父王に視線を投げた。ローレンスが言ったことは本当かと確認するためだ。

すると父王は渋い顔で小さく首肯する。

クライヴは今度こそ盛大なため息をついた。

(――なるほど、ハメられたというわけか)

どうやらあれは王妃たちが捏造《ねつぞう》した偽の勅命書だったようだ。

勅命書は保管してあるはずだが、おそらく王妃たちに盗み出されているか、あったとしても「自分で偽物を作った」と言われるだけだろう。

(どうりで異教徒がいないわけだ……)

異教徒の暴動が起きているはずのタガール河畔には、暴動どころか人っ子一人おらず、クライヴたちは首を傾げたのだ。それでも、どこかに異教徒が隠れているのでは、と二、三日逗留《とうりゅう》して周辺を探ったが何も出ず、仕方なく王都へと帰ってきたのだ。

一連の出来事が王妃たちの捏造であったのなら、納得できる話である。

クライヴはフッと皮肉げな笑みを浮かべる。

(こんなに馬鹿げた工作をしなくとも、言ってくれれば喜んで表舞台から退場したものを)

何度も言うが、クライヴは王位など望んでいない。王子という立場だって、面倒ばかりで投げ出したくて堪らないというのに。

「貴様っ！　なんだその笑い方は！　僕をばかにしているのか!?」

ローレンスがまた金切り声を上げるのを無視して、クライヴは父王を見た。

「――陛下が書いておられないのであれば、あの勅命書は捏造された物であったということでしょう」

「そうやって責任逃れをするつもりかッ！　お前が勅命もなく聖騎士団を動かしたのは事実だろう！」

横からローレンスが騒ぎ立てるのを、父王が片手を上げて制する。するとローレンスは悔しそうにしながらも渋々口を閉じた。

「――続けよ」

長男が黙ったのを確認して、父王がクライヴに促した。

クライヴは父の目をまっすぐに見つめて口を開く。

「偽の勅命書が誰によって作られたのかということも気になりますが、今はおいておきましょう。俺が申し上げたいのは、陛下に反逆《はんぎゃく》を企てて出兵したわけではないということです。陛下は俺の父であると同時に、この国の太陽であり、お仕えすべき主です。俺はこれまで陛下に忠誠を誓い、全てを捧げてきました。そのことをもって、どうか俺を信じていただきたい」

クライヴの言葉に、父王は躊躇なく頷いた。

「信じよう」

「陛下！」

「父上！」

王の判断に、ローレンスと王妃が抗議の悲鳴を上げる。

さもあらん。彼らの目的は、クライヴを反逆者として処刑することだったのだろうから。

だが父王は無実の息子を処刑するほど無情でも愚鈍でもなかった。

長男と王妃に冷静な眼差しを向けるとハッキリとした口調で言った。

「もとより、私はクライヴが反逆したとは考えていなかった。この場を設けたのは、双方の主張を聞き、事実をできるだけ正確に把握するためだ」

王にそう言われてしまえば、後ろ暗いところのある者は黙らざるを得ない。第一王子派の貴族たちは互いの顔色を窺い、王妃母子はギリギリと歯軋《はぎし》りでもしそうな表情で口を噤んだ。

クライヴは父王の判断にホッとしつつ、言葉を続ける。

「……偽の勅命書に騙されたとはいえ、俺が陛下の許可なく聖騎士団を動かしたのは事実です。その責任は取るべきでしょう」

そこまで言うと、クライヴは父王の前に進み出てその場に跪《ひざまず》いた。

「俺は聖騎士団長の座を退きます」

クライヴ自らの発言に、周囲が一気にざわつき始める。

第一王子派の者たちは、「反逆罪を逃れるために、都合の良いことを！」「その程度で罪が贖《あがな》えるわけがない」と文句を言い、第二王子派の者たちは「なぜクライヴ殿下が責任を取る必要があるのか！」「罰せられるべきは、偽の勅命書を作り殿下を陥《おとし》れようとした犯人だ！　犯人を見つけろ！」と反論する。

ざわつきはやがて喧々轟々《けんけんごうごう》とした言い争いになっていき、このままでは収拾がつかないと思ったのだろう、父王が苛立ったように声を張った。

「鎮まれ！」

王の一喝に、皆が一瞬で口を閉ざす。

しん、と静まり返った謁見室に、父王の深いため息が落ちた。

「――本日をもって、クライヴ・ユージーン・ガブリエルを罷免する。だがその代わりに、お前には新たな役目を与えよう。今日より、お前にハルベリ・ゲインズボロ両領を与え、これらの領主に任命する」

ザワ、と再び周囲がざわめきたった。

ゲインズボロ領とはこの国の北に位置し、そのほとんどが荒野の辺境である。元々ゲインズボロ王が治める小さな国だったのが、百年ほど前にバーガンディに服従する形で統合され、辺境領となった。このバーガンディとはあまり仲が良くない隣国ヴェニットとの国境があるため、ゲインズボロ領には国境警備隊が常駐しており、ゲインズボロ領主はこの長を務めるのが慣例だ。

元ゲインズボロ王の血筋であるノッティンガム家が代々領主となっていたが、二十年ほど前にその血が絶え、近隣ハルベリの領主がこれを兼任していた。しかし先日そのハルベリ領主が破産したことで、爵位と領地を国に返上したのだ。

それらをクライヴに治めよということだ。

名誉職とも言われる聖騎士団長から、辺鄙《へんぴ》な田舎の辺境領主へ――事実上の降格である。

ニンマリと満足そうにする者たちと、強張った表情で眉を顰《ひそ》める者たちに分かれる中、クライヴは一人静かに瞑目《めいもく》した。

(――ゲインズボロ辺境領か。悪くない)

王子という立場も、英雄として担がれるのもうんざりしていた。

皆が嫌がる危険な辺境であれば、穏やかで静かな暮らしができるだろう。

「謹んで拝命いたします」

口元に静かな笑みを浮かべ、クライヴは父王に頭を下げたのだった。

＊＊＊

ふわりと風に頬を撫でられて、アイリーンは顔を上げた。

「どうしたの、アイリーン?」

隣でジャスミンの花を摘んでいた先輩調香師のクレアが、ランタンを掲《かか》げてこちらを照らす。香料となるジャスミンの花摘みは日の出から正午にかけて行われるため、ランタンは必需品だ。夜が白み始めていて周囲の様子は見えるようになっているが、人の表情を捉えるにはまだ暗い。

ランタンの橙色《だいだい》の光に目を細めながら、アイリーンは小さく首を振った。

「……なんでもないです。ちょっと、気配を感じた気がして……」

アイリーンが言うと、クレアは少し痛ましそうな顔になる。

「お母さん？」

「……はい」

「……まだ、お葬式から数ヶ月だもの。あなたのことが心配なのね」

ポンポンと優しく肩を叩かれて、アイリーンは微笑んで瞼《まぶた》を伏せた。

「……そうかもしれません」

この地方には『人は死んだら風になる』という伝承がある。生前に良い行いをした人が亡くなった場合、天国に行く前に神様から少し猶予をもらい、風になって自分の大切な人を見守っているというものだ。

――数ヶ月前、母が亡くなった。

流行病である『トマール風邪』に罹患《りかん》したためだ。

東の国で発生したと言われるその流行病は、大陸全土に瞬く間に広がり、多くの人々を死に至らしめた。咳嗽《がいそう》から始まり、発熱したかと思うと肺炎を起こし、食物はおろか水分も摂取できないまま、数日後には死に至るという恐ろしい病だ。罹患すれば九割の確率で死んでしまうと言われているこの『トマール風邪』のせいで、この街でも多くの死者が出た。

アイリーンの母もその内の一人だ。

仕事を引退した母は、家にいるのは性に合わないと言って、孤児院でシスターたちの手伝いをしていた。多くの流行病で最初に犠牲となるのは、体力のない老人や子どもだ。この孤児院でも『トマール風邪』は猛威を奮い、子どもたちだけでなくシスターや母も罹患してしまったのだ。

「アイリーンのお母さん、とても優しくて、面倒見の良い人だったものね。あなたのことを見守ってくださっているのよ」

「……ふふ、そうですね。世話焼きな人だったから……」

「そうね。私たちにまでお弁当を作ってくださったりとかね。ローストポークのサンドイッチ、すごく美味しかったわ！」

「そう言ってくださると嬉しいです。きっと母も喜んでいると思います」

「寂しいわね……」

クレアの同情の言葉に、アイリーンは気を取り直すように微笑んだ。

「そうですね。でも、いつまでもクヨクヨしてちゃダメですよね。お母さんに心配かけないように頑張らなくちゃ。ちゃんと天国に行ってほしいですもん！」

アイリーンの明るい口調に、クレアもホッとしたように笑って頷く。

「そうよね。あなたが元気な方が、お母さんだってきっと嬉しいに決まってるわ！　さあ、夜が明ける前に、花の収穫を終えちゃいましょう。今日は暑くなるってアントニア様がおっしゃっていたから、お日様が出てきたら摘んだ花がダメになっちゃいそう」

「わ！　それは大変！　急がなくちゃ！」

ジャスミンの花は傷みやすいので、気温が高いと劣化が早く進んでしまう。その前に花から香料を抽出しなくてはならないのだ。

「その籠《かご》がいっぱいになったら、一旦工房へ運び込みましょう。採油作業をしなくちゃ」

「はい！」

クレアに言われ、アイリーンは返事をしながら採油作業の流れを頭の中で確認する。

摘んだ花を、ガラスの板の上に薄く張られた無臭の油脂の上に置いておくと、油脂に花の香気成分が溶け出していく。これを完全に飽和状態になるまで繰り返した後、アルコールと混ぜ合わせることで、ジャスミンアブソリュートと呼ばれる香料が完成する。

恐ろしく手間暇のかかる作業な上に、一キログラムのアブソリュートを作るために四百キログラムのジャスミンの花が必要になるという、とんでもなく金のかかる香料だ。

しかし、そうして苦労して作り上げたジャスミンアブソリュートは、華やかで美しい唯一無二の香りになる。

このマンスフィールド修道院の看板商品は香水だ。

数年前に王都に出入りする商人によって社交界に紹介されたことで、マンスフィールドの香水は貴婦人たちの間で話題となり一躍《いちやく》脚光を浴びた。

その大人気商品である香水に、このジャスミンアブソリュートは欠かせない重要な香料の一つなのだ。手を抜くことは許されない。

(……それに、こうして忙しく働いていると、お母さんを喪った悲しみを少し忘れられる)

母が死んで以来、心にぽっかりと穴が空いてしまったような気持ちがしていた。

母に楽をさせてあげたかったから、頑張って働いた。毎日、母が待っていてくれるから、家に帰るのが怖くなかった。母が話しかけてくれるから、アイリーンも話した。

(……今は、家に帰るのが怖い)

家に帰れば、孤独だと否応なしに突きつけられる。顔を見る相手もなく、待っていてくれる人もいない。喋る相手がいないから、家では声を出すことがない。

母一人子一人——アイリーンの人生は、生まれてからずっと、母と二人三脚をしているようなものだった。その相手《パートナー》を亡くして、アイリーンはどうしようもない不安と孤独に苛《さいな》まれていた。

(——だめ。しっかりしなさい、アイリーン。仕事をするの。仕事に没頭してれば、こん

な不安なんか忘れられるから）

心の中で自分を叱咤《しった》すると、アイリーンは花を摘む手を動かし続けた。

「そういえば……」

摘んだ花の入った籠を抱えて工房へ戻っている途中で、クレアが思い出したように言った。

「七年前この街に、強盗退治のために聖騎士団がやって来たでしょう？　あの時の騎士団長様、覚えている？」

聖騎士団、という言葉に、アイリーンの胸がドキッと音を立てる。

もちろん覚えている。なにしろ、その聖騎士団長は自分と母の命の恩人だったのだから。

七年前、アイリーンの家は強盗たちに押し入られた。アイリーンと母は強姦されて殺されるところだったのを、聖騎士に救われた。当時この街の周辺で強盗事件が頻発しており、その者たちを掃討するべく、国王陛下の命で派遣された一行だった。

目にも止まらぬ速さであっという間に強盗たちを倒したその人は、恐ろしいほど強いのに、とても優しい目をした人だった。

自分たちをこんな目に遭わせた男たちに罰を下してくれてありがとう、と礼を言ったアイリーンに、彼は静かな表情で首を横に振った。

『俺は罰を下したのではない。俺はただ殺しただけだ。――それが俺の職務だから』

そして、『幸福とは赦しの先にあるものだ』とも言った。

当時アイリーンにはその言葉の表面しか理解できなかったが、今なら分かる。

赦しとはあの強盗たちに対してではない。自分に対してのものだったのだ。

(私は自分の弱さに腹を立てていた。ならず者たちに全く歯が立たず、お母さんを助けられない自分が悔しくて堪らなかった……)

だが、時間が経つにつれ、その怒りは少しずつ収まっていった。

(今思えば、私は冷静さを失っていたのかもしれない)

降って湧いたような理不尽な出来事を受け入れることができず、その原因を求めてしまった。何か理由があったから、自分たちはあんな酷い目に遭わなくてはならなかったのだ、と。

それは小さい頃から、周囲の大人たちから『悪いことをすれば神様から罰が下されるよ』と教えられてきたせいかもしれない。

(あの方は、〝ただ殺しただけだ〟とおっしゃっていた)

アイリーンはその言葉に救われた。

あのおぞましい事件は、自分のせいで起きたわけではないと、その言葉が思わせてくれたからだ。

(……私が弱かったからじゃない。私が悪かったから、あんな目に遭ったわけじゃない。

不慮の事故も、他者からもたらされる謂れのない理不尽も、身内の不幸も、神様の罰なんかじゃない。ただ起きたこと）

彼の言葉があったから、そう思うことができたのだ。

『君のためにこの男たちに罰を下したわけではない』

ハッキリと告げる彼の表情を、今でも鮮明に思い出せる。

（……たとえ私のためではなくとも、私があのお方に救われたことは確かだわ）

彼に恩返しがしたかった。

生きるのだけで精一杯で、何ひとつ彼の役に立てることはない矮小な身だが、そんな自分でも、彼のためにできることがあるかもしれない。

（いつかまたお会いできる日が来たなら、その時にはあのお方の役に立ちたい）

そう心の中で思い続けてきた恩人――いや、アイリーンにとっては救世主《メシア》である。

忘れられるわけがない。

「もちろん、覚えています」

アイリーンが頷くと、クレアは少し興奮したような表情で言った。

「あの団長様、なんと第二王子のクライヴ殿下だったんですって！」

「――ええっ!?」

驚きのあまり、早朝だというのに大きな声を出してしまう。

ここはジャスミン畑で周囲に民家は少ないが、修道院は近くにある。シスターたちは早起きだが、それでもこの時間帯に大声は憚《はばか》られる。

クレアに「しーっ!」と注意され、「ごめんなさい」と謝りながらも、アイリーンは確認した。

「第二王子って、あのお方が? 本当に?」

「本当よ。クライヴ殿下は武芸の才能がおありで、それを陛下に見込まれて聖騎士団長に任じられたのですって。騎士団長としてたくさんの功績を上げられて、今では英雄殿下と呼ばれているそうよ」

「そ、そうだったのですね……」

アイリーンは半ば呆然と呟いた。どうしてだろう。心臓がドキドキと早鐘を打っている。

あのお方が、この国の王子だったなんて。

この田舎の街では、貴族に遭遇することはほとんどない。ここハルベリ領の領主はこちらには滅多に戻ってこないからだ。貴族ですら遠く隔たりのある人たちだというのに、王族となれば遥か遠い雲の上の人々だ。

そんな天上のお方にお目にかかっていただけでなく、命を救っていただいたなんて。

(……でも、確かに身の内から滲み出る高貴さがおありだったわ……)

記憶の中の彼の姿を思い浮かべて納得する。

強盗たちを風のように倒した時の様子など、まるで神話の中に出てくる軍神のようだった。

この国を建国した初代の王は、神の末裔であったという伝承もあるから、あながち間違いではないのかもしれない。

「でも、そのクライヴ殿下が、なんと騎士団長を罷免されたんですってよ！」

「ええっ!?　そんな、どうして!?」

まさかの話の流れに、アイリーンはまたもや仰天して顔を顰《しか》めた。

罷免というからには、彼の意思ではなく強制的に辞めさせられたということだ。

どうしてあのお方がそんな目に遭わなくてはならないのか。

「王太子のローレンス殿下に嵌められたのではないかって言われているらしいわ。ローレンス殿下が、優秀なクライヴ殿下を妬んでいるのは有名な話らしいし」

「……そうなのですね……」

この国の第一王子と第二王子の派閥争いについては、世情に疎《うと》いアイリーンでも知っている。遠く離れたこの田舎にも、その噂話は流れてきていたからだ。

腹違いの二人の王子のどちらが王位を継ぐかで政界が二分しているのだとか。だがその争いは、兄王子が王太子に就いたことで収束したのではなかったか。

「まあとにかく、そのクライヴ殿下が、なんとこのハルベリの領主様になるんですって！」

「ええっ!?　ど、どういうことですか!?」

王子殿下がなぜいきなりこんな片田舎の領主になるのか。

意味が分からず目を白黒させたが、クレアも首を捻《ひね》った。

「私も詳しいことはよく分からないけれど、騎士団長を罷免された代わりに、ハルベリの領主になった……ってことなんじゃないかしら」

「で、でも、そうしたら今のハルベリの領主様はどうなるんです？」

ハルベリにも一応領主様は存在している。王都へ行ったまま一向に帰ってこない領主だが。

するとクレアは声を潜めて言った。

「それが、あの領主様、賭博《とばく》でこさえた借金が元で破産していたのよ。爵位と領地は国に返還されて、新しい領主様に殿下が就任されたって聞いたわ」

「え、えええ……!」

急展開すぎて理解が追いつかないが、ともあれ、アイリーンの救世主がこの領地へやって来るらしい。

(……ということは、もしかしたら、私がご恩返しをする機会が巡って来たということかしら……!?)

母を亡くして以来、ずっと心が沈んだままだったアイリーンの中に、再び光が灯った。

静かな孤独の中でもがいていた自分に、目標が——生きる目的と喜びが示されたような気分だった。

（あのお方……クライヴ様のために、私にできることを探さなくては……！）

久々に体に力が漲《みなぎ》ってくる。ただ動かしているだけの重く怠《だる》かった手足が、嘘のように軽く感じられた。人間は、生きる目的を得ると活力が出る生き物なのかもしれない。

アイリーンは鼻息も荒く、籠を抱えて工房へと駆け出した。

「あっ？　ちょっとアイリーン、急にどうしたのよ？　置いていかないでよ～！」

「籠はまだまだあるから、急がないと！」

「え～？　まあそれはそうだけど……」

急に元気になったアイリーンに、クレアは怪訝な顔をして肩を竦《すく》めた。

深夜から作業をしているおかげで、花で満杯になった籠は十数個ほどある。それらを工房の中に運び込んでいると、辺りは朝の白い陽光ですっかり明るくなっていた。

五月ともなると日が昇るのが早い。白み始めたと思うと、あっという間に朝が来る。

工房は修道院の敷地の傍にあり、シスターたちが歌う朝の礼拝の讃美歌が聞こえてきた。

「もうそんな時間なのね。どうりでお腹が空《す》くわけだわ」

クレアがお腹を押さえてため息をつく。

アイリーンは笑って「私もお腹ぺこぺこです」と相槌《あいづち》を打った。

礼拝の後は朝食の時間になるのだが、早朝から働いている工房の作業員たちもそのご相《しょう》伴《ばん》に与れるのだ。

最後の籠を運び入れた時、黒い修道服《スカプラリオ》を身に付けたシスターが工房にやってきた。初老のシスターは、アイリーンを見つけると『おいでおいで』と子どもにするように手招きをする。

「アイリーン、院長様がお呼びですよ」

「院長様が？」

こんな朝早くから珍しい、と目を瞬いたが、院長のお呼びとあれば行かないわけにはいかない。

「後はやっておくわ。行ってらっしゃい」

クレアに促され、アイリーンは礼を言って院長室へと急いだ。

院長室のドアをノックして「アイリーンです」と名を告げると、中から院長の硬い声が聞こえてきた。

「お入りなさい」

（……アントニア様、どうしたのかしら……？）

院長のアントニアは初老の女性で、厳しい一面もあるがとても気さくな人柄だ。

アイリーンのことを生まれた時から知っているせいか、まるで実の孫のように可愛がってくれていて、こんな強張った声色は珍しい。

首を捻りながらも言われた通りにドアを開けると、そこにはアントニアの他にもう一人若い男性が立っていた。

（……誰かしら……？）

少々ケバケバしいほどの衣装を見るに、どうやら貴族のようだ。

アイリーンを見るなり、まるで品定めでもするような目つきで、上から下までジロジロと眺めてくる。

その傲岸不遜《ごうがんふそん》な態度を苦々しく思いつつも、それを表には出さずに頭を下げた。

「失礼しました。お客様がおいでとは知らずに……」

するとアントニアは「いいのよ」と首を横に振った。その表情は一見落ち着いて見えたが、どこか狼狽しているような気配が見て取れる。普段は豪胆《ごうたん》なまでに気丈な人なのに、こんな様子は本当に珍しい。

心配でじっと窺っていると、アントニアはチラリと貴族の男へと視線を移した。

「……この方はあなたに会いにいらっしゃったのですから」

「えっ？」

意外な発言に、アイリーンはびっくりして目を丸くする。

貴族に知り合いはいないし、この男も初めて見た顔だ。孤児院の工房で働く自分に、用事があるとは思えないのだが。

どういうことだ、と男の方を見れば、男は顎《あご》を上げてうすら笑いを浮かべて言った。

「お前がサラ・エリカ・ランドンの娘か」

母のフルネームを告げられて、アイリーンは眉間に皺《しわ》を寄せる。

母の知り合いだろうか。だが生前、母の口からこんな人の話は聞いたことがない。

不信感でいっぱいだったが、質問を投げかけられて無視するわけにもいかず、アイリーンは表面上は笑顔で、心の中では渋々頷いた。

「はい。サラ・エリカ・ランドンの娘、アイリーンでございます。高貴なるお方とお見受けしますが、私に何かご用でしょうか」

丁寧な言葉遣いに、貴族の男は満足そうに笑って両手を広げる。

「ああ、いかにも。僕はボーフォート伯爵の嫡男、フレドリック・アーネスト・サマセットだ。喜べ、アイリーン。この兄が迎えにきてやったぞ」

突拍子もない発言に、アイリーンは絶句して男を見つめてしまった。

(――兄？　何を言っているの、この人は)

あんぐりと口を開けて固まっていると、男はウンウンと頷きながら言葉を続ける。

「驚いているな、そうだろう、そうだろう。なにせ、一介のメイドの娘が、突然〝お前は伯爵令嬢になるのだ〟と言われているのだからな。喜びで言葉も出なくなるのは当たり前だ」

（メイドの娘？　伯爵令嬢？）

この男は本当に何を言っているのだろうか。

だがふと脳裏をよぎった記憶があった。

（……私の父親は……確かなんとかフォート伯爵、じゃなかった……？）

それは、母がアントニアと話しているのを盗み聞きした時の記憶だ。

アイリーンが五歳かそこらの頃の話だ。

修道院に併設されている孤児院の子どもたちとかくれんぼをしていたアイリーンは、礼拝堂の懺悔《ざんげ》室の中に隠れた。するとそこに母とアントニアがやって来て、声をひそめて話し始めたのだ。

『アイリーンの父親は、ボーフォート伯爵なのよね？』

そう訊《たず》ねるアントニアに、母が沈鬱《ちんうつ》な声で「はい」と答えていた。

当時アイリーンはまだ幼く身分というものが理解できておらず、伯爵と言われてもピンと来なかったが、自分にも父親がいたのかと驚いて聞き耳を立てたのを覚えている。

『当時はまだ、ただの伯爵令息でしたが……』

『メイドとして働いていたあなたに目を付けて弄《もてあそ》んだ挙句、孕ませて捨てたクズ男――という見解で合っているかしら？』

辛辣《しんらつ》なアントニアに、母の苦笑したような吐息が聞こえてきた。

『その通りです。ですが……それが何か……？』

『そのクズ男からこの修道院に手紙が届いたのよ。どうやらあなたがここで働いていることを、どこかで知ったようね。サラ・エリカ・ランドンという女性がここで働いているのは事実かどうかという問い合わせだったわ』

アントニアの説明に、母が息を呑む音がした。

『そ、そんな……！　お願いです、どうか……』

『分かっているわ、心配しないで。ちゃんと〝そんな人物はいない〟と答えておくから』

『ああ……！　ありがとうございます、院長様……！』

『お礼を言われるようなことではないわ。この修道院にやって来た者は皆家族だもの。家族を守るのは当たり前のことよ』

『院長様……！』

『それにしても、そのクズ男、どの面下げて今更あなたを探し出そうとしているんだか。お貴族様というのは、何をしても許されるとでも思っているのかしら』

苦々しくそう言うと、アントニアは「さあ、話は終わりよ。午後の仕事に取り掛かりましょう」と母を連れて懺悔室を出て行った。

大人の話を盗み聞きしてしまったことへの罪悪感から、母たちに見つからなくてホッとしたアイリーンだったが、その後アントニアに呼び出された。

『アイリーン、あそこで話を聞いていたでしょう？』

なんとアントニアにはバレていたらしい。怒られるのだろうかとビクビクしたが、彼女は微笑んで頭を撫でてくれた。

『盗み聞きは褒められたことじゃないけれど、怒っているわけではないわ。ただお話をしたかったのよ。あなたが聞いていたことは、お母さんは知らないの。お母さんは、多分あなたに知られたくないと思っていると思うから、知らないふりをしておいてね』

そう言われたが、アイリーンはなぜ母が自分に知られたくないと思っているのか分からなかった。

『わたしにもおとうさんがいるってことを、どうしておかあさんはわたしにないしょにするの？』

不満を隠さず訊ねると、アントニアは苦笑して、アイリーンの手を握って言った。

『あなたのお母さんは、あなたを心から愛しているわ。親は子を守ろうとするものよ。つまり、あなたに内緒にするのは、あなたを守るためにしていることなの。全部、愛情なのよ』

そう説明されたが、子どもだったアイリーンには理解できなかった。

『でもわたし、おとうさんのことをおしえてほしいです』

膨《ふく》れっ面をして文句を言うと、アントニアは小さくため息をついた。

『……そうね。あなたがそう思うのも無理はないわ。ではこうしましょう。あなたがもう少し大きくなって、父親のことを知りたいと思ったら、お母さんではなく、私に聞きにいらっしゃい』

アントニアはそれ以来、アイリーンに小出しに父の情報を教えてくれた。なぜ小出しにされたのか、当時は分からなかったが、今なら分かる。アイリーンの心の成長に合わせてくれていたのだ。

(アントニア様だって、妻がいるのにメイドに手を出して孕ませた挙句、無一文で放逐するような男が自分の父親だなんて、子どもに説明したくはなかったわよね……)

被害者である母の代わりにアイリーンに辛いことを説明するという、嫌な役目を担ってくれた。アントニアの心の広さには感謝しかない。

彼女のおかげで自分の父親がどんな人間なのかを知ったアイリーンは、もちろん悩んだし苦しんだ。自分という存在は母にとって害悪なのではないかとも思った。

だがそんな時はアントニアに相談に行った。

彼女は根気よく話を聞いてくれた後、力強くそれを否定してくれた。

そのおかげで、苦しい葛藤はあったけれど、自分の存在を否定せずに済んだ。

長い葛藤を経てアイリーンは、己の父親という存在を自分の中から消すことにした。

伯爵の息子に手籠めにされた母が、それで孕《みごも》った自分を産んでくれたことは、奇跡だと思う。母の母性と愛情に感謝すると同時に、自分に父親という存在は必要ないと心の底から感じた。

（私はサラ・エリカ・ランドンの娘。それだけでいい。父親が誰かなんてどうでもいい）

そう自分で決めてからは、父親のことは記憶から抹消して生きてきた。

だからすっかり失念していたが、そのロクデナシの父親の名前は、確かにボーフォート伯爵だったはずだ。

アイリーンは目の前の男をじっと見つめる。

つまりこの男は、アイリーンの腹違いの兄ということだろう。

（なぜ今更私に会いに来たの……？）

母の所在を訊ねた手紙には、アントニアが『そんな人物はいない』と返事をしていたはずだ。それで納得したのではなかったのか。

しかも『迎えに来た』だの『伯爵令嬢になる』だのと訳の分からないことを言っている。

（私を伯爵家に連れて行くつもり？　冗談じゃないわ。そんなことになってたまるもんですか！）

母を手籠めにするような男の家になど行くわけがない。ましてや娘として扱われるなんて、考えただけで身の毛がよだつ。

内心大声で罵倒してやりたい気持ちだったが、それをグッと抑えてアイリーンは静かに首を横に振った。

「……申し訳ないのですが、何をおっしゃっているのか、私には分かりかねます……」

穏便にやり過ごして帰ってもらおうと思っていたアイリーンだったが、その目論見は出《で》鼻《ばな》を挫《くじ》かれる。

「ああ、お前は知らないかもしれないな。だがこちらで調べはついているから安心しろ。お前は正真正銘、我が父ボーフォート伯爵の娘だ！」

兄――フレドリックと名乗った男が自慢のように言いながら、バサリと束になった書類を投げて寄越した。

「な……なんですか、これは……」

「探偵からの報告書だ。父上が調べさせていたものだそうだ」

「探偵……!?」

驚いてその書類を検《あらた》めると、なんとそこには母が伯爵家を放逐されてからの行動が逐一書かれてあった。

(私の生まれた日まで書いてある……！　じゃあ伯爵は、お母さんの所在も私という婚外子の存在も把握していながら、放置し続けていたってこと……？)

こちらは母娘二人で十分に幸せに暮らしていたから、放っておかれたことにはむしろ感謝するべきだと頭では分かっていても、『この無責任なクズ野郎』と罵倒したくなる気持ちは湧いてきてしまう。

だが相手はあからさまなまでに気位の高そうな貴族である。そんなことをすればどんな目に遭わされるか分からないので、アイリーンはグッと奥歯を噛んで罵倒を呑み込んだ。

報告書の最後は、母の死で締め括《くく》られている。

（お母さんが死んだことも知っていながら、花を手向けることすらしなかったくせに、私を迎えに来ただなんて、どうしてのうのうとそんなことが言えるんだろう……!?）

自分たちには全く非がないと思っているからできることだ。

アイリーンが伯爵を憎んでいるだなんて、考えてもいないのだろう。

「……確かに私はサラ・エリカ・ランドンの娘です。ですが、伯爵様の娘であるかどうかは分からないことではありませんか」

唸るような声になってしまったのは、無理からぬことだ。

だがフレドリックには、それが気に食わなかったようだ。

あからさまに不機嫌そうに顔を歪め、フンと鼻を鳴らした。

「お前の母親が父以外の男を咥《くわ》え込んでいた尻軽女だったと言いたいのか？」

「ちがっ……！」

あまりの言い草に、アイリーンはカッとなって否定の言葉を言おうとしたが、フレドリックはそれを片手を払う仕草で止める。

「ああ、お前の意見などどうでもいい」

「……っ」

明らかにこちらを下に見ている言動に、苦虫を嚙み潰すような気持ちになった。

（……何が〝妹〟よ。そんなこと、全く思っていないのが丸分かりじゃない）

とはいえ、それは最初から分かりきっていたことだし、アイリーンとてこの男を兄だなんて思えないからお互い様だと、腹立ちを抑え込む。

「要は、緊急で我が伯爵家にもう一人娘が必要で、それがお前だということだ。……まったく、リリアナが勝手なことをしでかさなければ、こんな面倒な真似をしなくて済んだというのに……」

「リリアナ？　それは一体どなたなのですか？　娘がもう一人必要とは、どういった意味で……」

冷たい対応をしたのになおも食い下がってくるアイリーンに、フレドリックは一瞬イラだったように目を吊り上げたが、すぐに思い直したようにニヤリと笑った。

「……いいだろう。どうせすぐ知ることになるのだ。ドブネズミのお前が僕らと同じ立場になると勘違いしないように、全部話しておいてやろう」

ドブネズミという比喩に、アイリーンだけでなくアントニアも眉根を寄せたが、フレドリックはお構いなしに話を続ける。

「我がサマセット家に、王室との婚姻が打診されている。だがその花嫁となるべき妹のリアナがそれを聞いた翌日に出奔《しゅっぽん》し、メイシャーズで結婚をしてしまったのだ」

「メイシャーズ？」

聞き慣れない名前に首を捻っていると、フレドリックではなくアントニアが説明してくれた。

「この国の南西にある土地の名前よ。そこで結婚することを〝メイシャーズ婚〟と呼んでいるの。隣国グレイとの国境沿いにあり、そこでの結婚はグレイの法律のもとで行われるから、結婚許可証が必要なくて……」

「あっ……つまり、駆け落ち結婚が成立する場所ってことですか？」

このバーガンディ王国では、大司教以上の聖職者の許可がなければ結婚はできない。その結婚許可証の申請には、両親――あるいは名付け親《ゴッドペアレント》の名前の入った書類が必要なのだ。要するに親の許可なしに結婚できない仕組みなのだが、メイシャーズの法律ではそれが可能であるため、交際を周囲から反対されたカップルが結婚を強行するための手段となっているということだろう。

問いにアントニアが無言で頷くのを確認して、アイリーンはフレドリックに向き直った。

「……要するに、陛下のご命令に背いて他の男性と結婚してしまったご令嬢の代わりに、私を嫁がせようという魂胆ですか?」

アイリーンの要約に、フレドリックはハッキリと顔を歪めた。

「貴様、なんだその口のきき方は! 魂胆だと!? ドブネズミのようなお前を、我が家に迎え入れてやると言っているのだ! これは恩恵だろう!」

唾《つば》を飛ばして怒鳴り立てるフレドリックに、アイリーンは怒鳴り返してやろうと口を開きかけたが、固唾《かたず》を呑むようにしてこちらを窺っているアントニアと目が合って、しぶしぶ口を閉ざす。

『貴族にしてやると言われれば、尻尾を振って言う事を聞くとでも思っていたのなら、残念でしたね』くらいのイヤミを言ってやりたいところだが、非常に遺憾《いかん》ながら、貴族を怒らせて良いことなど何もないのがこの世の中だ。

アイリーンがフレドリックを怒らせれば、お世話になったこの修道院がとばっちりを受けるかもしれないと思うと、悔しいが口を噤まざるを得なかった。

「……申し訳ございません。言葉が過ぎました」

目を伏せて謝れば、フレドリックはフンと鼻を鳴らす。

「まったく、こんな野犬のような者を我が一族に迎え入れなければならないなど、考えただけで頭が痛くなる!」

まるで伯爵家に行くのはもう決まったことのように言われ、アイリーンは焦って顔を上げた。

「お待ちください。私はまだ行くとは言っておりません！」

だがアイリーンの主張に、フレドリックが苛立ったように眦《まなじり》を吊り上げる。

「お前の意見などどうでもいいと言っただろう。これは既に決定したことなのだ」

ふざけるな。なぜ自分の人生を突然現れたお前たちに決められなければいけないのか。

カッとなったアイリーンは、フレドリックを睨《にら》みつけた。

「伯爵家には行きません！　私の家も、友も、仕事も……そして母の墓も、必要なものは全てここにあります！　私の居場所はここなのです！」

「なんだと……!?」

「私はあなた方の家になど絶対に行かない！　お母さんを孕ませて追いやった挙句、死んでも会いにも来なかった連中を、家族だなんて思えるわけがないでしょう!?　どうぞお引き取りを！」

ドアを指さしてビシッと言い放つと、フレドリックは額に青筋を立ててワナワナと肩を震わせた。

「貴様……、言わせておけば……！」

「ドアはあちらですよ、お兄様！」

顎を反らすアイリーンに、フレドリックは憤怒《ふんぬ》の表情になった後、瞑目して深く息を吐き出す。てっきり怒って暴れ出すかと思ったが、意外と自制心があるようだ。

やれやれとでも言いたげな微笑みを浮かべてアイリーンを見た後、憐《あわ》れむような眼差しでアントニアを見やった。

「……いいだろう。お前がそう言うのなら仕方ない。お前が来たくなるように、こちらが努力するしかないな」

「……来たくなるようにって……何を……」

意味深長な言動に、嫌な予感がした。

顔色を変えるアイリーンに、フレドリックは薄ら笑いを浮かべて言った。

「お前が僕と来ないと言うならば、僕は陛下にこの修道院のことを報告しなければならなくなるだろうなぁ」

「は？　陛下に報告って……」

目を剥いたのは、アイリーンだけではない。アントニアもまたギョッとした顔になっていた。

（……まさか、あ、の、件、が知られてしまっている……!?　そんなばかな。全て極秘で行われたことだし、露見するヘマはしていないはず……！）

確認するようにアントニアの方を見ると、彼女も焦った表情をしながらも僅《わず》かに頷いてみせる。

それを見てホッと胸を撫で下ろしながらも、アイリーンは心の中で悔しさに歯噛みした。

——なぜこんなコソコソとした真似をしなければならないのか。自分たちは人々の命を救っただけなのに。

自分たちが行ったことは正しいと胸を張って言える。

だが、それが万人にとっての正義ではないこともまた事実だ。

特にシタン教の中枢部、そしてその首長である国王にとっては、正義どころか紛《まご》うことなき悪だろう。

（でもそれが悪だからといって、人々の命を救える方法が目の前にあるのに、見なかったふりをすることなんて、私にはできなかった……）

だからアイリーンは、あの時アントニアの提案に応じたことを全く後悔はしていない。

（もしこの男があの件をどうやってか知って、それを告発すると脅してくるのであれば……）

その時は、自分が全ての罪を負おう。

アントニアはこの修道院になくてはならない人だ。彼女がいなくなれば、多くの人たちが路頭に迷う。ここにいる人たちは、家族や恋人に虐げられたり、行き場のない女性や子どもたちばかりだ。アントニアの庇護のもと、ようやく穏やかで幸福な人生を歩むことのできた人たちから、その灯火《ともしび》を奪うことなど、絶対にあってはならない。

アイリーンはそう心に決めると、フレドリックに向き直った。

「何を報告なさると言うのですか？」

「この修道院は、トマール風邪の特効薬を開発して陛下に献上していたな。そしてその価格は公共価格に定められた」

特効薬の話題が出て、アイリーンは心の中でぎくりと身を竦める。

（こいつ……！　何を言い出すつもりなの……!?）

確かにこの修道院は、膨大な死者を出した『トマール風邪』の特効薬の開発に成功していた。

この国では古来より修道院は『薬草院』とも呼ばれ、病にかかったり怪我をした人々に薬を配ったり手当てをしたりする役割も担っていた。

司祭あるいは神父が奉仕職として司牧《しぼく》する場所が教会であるのに対し、修道院は自己の宗教的完成を目指す修道者たちによる共同体である。研究者気質の者たちが集いやすいことが、その役割を担う一因であったのかもしれない。

ともあれ、トマール風邪が大流行した時、この修道院は多くの患者を受け入れ看病した。

香料工房で働く者たちも、この時ばかりは本業ではなく患者の看護の手伝いに回っていたが、アイリーンたち調香師は、薬品の扱いに慣れているということで、看護ではなく薬の開発の方に駆り出されていた。

人々が次々と病に倒れ、親しい者が亡くなっていく中、皆泣きながら必死で仕事に当たっていた。切羽詰まったギリギリの精神状態の中、あの特効薬を開発できたのは、まさに奇跡としか言いようがない。

（……もちろん、奇跡なだけじゃない。あの特効薬開発は、多くの犠牲と、血と涙の滲む皆の努力があったから、そしてアントニア様の尽力のおかげでできたのよ！）

フレドリックが何か言いがかりをつけるつもりなら、やはり自分が身を挺《てい》してでも守らなくては、と思いながら、アイリーンは固唾を呑んでフレドリックの様子を窺った。

「ええ、その通りです。わたくしたちが開発した特効薬が民に等しく渡るようにと、陛下がお決めになりました。……ご英断であったと思います」

アントニアが毅然《きぜん》とした態度で頷けば、フレドリックは勝ち誇《ほこ》ったような顔になる。

「その特効薬が今、闇市場で公共価格の数倍の値段で取引されていることを知っているか？　なんと不遜《ふそん》にも、薬を横流ししている者がいるというわけだ」

指摘されて、アイリーンは苦虫を噛み潰したような顔になってしまった。

トマール風邪の流行は特効薬のおかげで終息に向かっている。

とはいえまだ罹患者は多く、特効薬の製造は追いついているとは言い難い。

なぜなら、特効薬に必要な材料であるエンニャという植物の生産量が限られているからだ。

エンニャは栽培方法が特殊で、この国ではこの修道院でしか作られていなかった。もちろん現在では栽培方法と種を伝授し、この修道院以外の場所でも栽培され始めているが、それでも収穫量は未だ十分ではないのだ。

供給が需要に追いついておらず、特効薬を高値で売り捌《さば》き暴利を貪る輩《やから》が現れ、問題になっていることは、アイリーンも知っていた。

特効薬のルートは国が管理しているはずだが、どこかで横流しされているのだろう。

薬の生産者側であるアイリーンたちにとっては、非常に遺憾な話である。

(でも、それは横流ししている奴らが悪いのであって、この修道院には何も非はないはずよ……!)

「それは……知っておりますが……」

アントニアも困惑ぎみに眉根を寄せている。

するとフレドリックは、ニヤニヤと下卑た笑みを浮かべてアイリーンの方を見た。

「その横流ししているのがこの修道院である可能性が高いと、私が陛下に進言したら、どうなると思う?」

「な……っ!?　そんな、デタラメじゃない!」

カッとなってアイリーンは叫んだ。アントニアも呆れたような表情になっている。

要するにこの男は、証拠も何もないのに、でっち上げでこの修道院を窮地に陥れてやるのような、得意満面な様子だ。


と言いたいのだ。

(理屈も何もあったものじゃないわ！　子どもの嫌がらせじゃないの！)

相手の正気を疑ってしまうくらいだが、フレドリックはさも正しいことを言っているかのような、得意満面な様子だ。

「デタラメかどうかは陛下がお決めになることだ。そして貴族である僕の言葉と平民のお前たちの言葉、どちらが信憑性があるかは、推して知るべしと言ったところかな」

(あなたを信じるような王様だったら、よっぽどの暗君ってことでしょうよ！)

そう言ってやりたい気持ちはやまやまだったが、でっち上げだったとしても、そんな密告があれば国からこの修道院に調査が入るのは避けられないだろう。

(そうなってしまえば、あのことも明るみになってしまいかねない……！)

それだけは避けなくては。

アイリーンは両の手をぎゅっと握り締め、身の内に燻《くすぶ》る怒りを抑え込むと、フレドリックに向かって言った。

「――分かりました。あなたと一緒に行きます。そして、その国王様から言いつけられたとかいう結婚とやらをして差し上げます」

「アイリーン！」

承諾の返事をした瞬間、アントニアが悲鳴のような声で名を呼んで、アイリーンの腕を引いた。

こちらを見て首を横に振るアントニアの顔には、『そんなことをしなくていい』と書いてある。

だが、だめだ。

アイリーンはこの修道院とアントニアを守ると決めた。

母亡き後、アントニアは実の伯母のように寄り添ってくれたし、この修道院に集う人々のおかげで、アイリーンは生きてこられた。ここはアイリーンの家そのものなのだ。

（大丈夫です、アントニア様。私に任せて）

心の中でそう告げ、ニコリとアントニアに向かって微笑んでみせると、アイリーンはフレドリックを睨んだ。

「その代わり、この修道院には一切手出しはしないでください！」

叫ぶようにして言うと、フレドリックはニヤリと口の端を吊り上げて頷いた。

「いいだろう。では早速――家へ戻ろうか、我が妹よ」

こうして、アイリーンの第二の人生は幕を開けたのだった。

＊＊＊

父から届いた書簡に目を通していたクライヴは、それを机の上に放り投げた。

深々とため息をついてこめかみを揉んでいると、そんな主人《あるじ》の様子を心配したのか、執事のマーカスが気遣わしげに声をかけてくる。

「殿下。お茶をお淹《い》れしましょうか」

暗に『少し休め』という進言だ。元は母の侍従であったマーカスは、クライヴが生まれた時から仕えてくれている腹心で、いわば育ての親というやつだ。時に厳しく、時に温かく自分を導いてくれたこの初老の男に、クライヴは大きな信頼を寄せると同時に、頭が上がらない。進言通り一度休むことにして、なおもこめかみを揉みつつ首肯した。

「ああ。頼む」

すると満足げに微笑んだマーカスは、テキパキとお茶の準備を始める。

やがて紅茶の良い香りが部屋に漂い、湯気の立った紅茶が差し出された。

「ありがとう」

礼を言って一口飲むと、その芳しさに体の緊張が解けていく心地がした。

ふう、と息を吐いていると、マーカスが机に投げ出されたままの書簡をチラリと見ながら、静かに訊ねてくる。

「――陛下はなんと？」

「……俺の妻を用意したそうだ」

投げやりな気持ちで答えれば、マーカスがあんぐりと口を開けた。

「……なんですと？　妻を？　どういうことなのですか？」

「言葉通りだ。父上は俺に結婚せよと言っている。しかも相手はボーフォート伯爵の娘だそうだ」

その名前に、マーカスが更に驚愕の形相《ぎょうそう》になる。

「ボーフォート伯爵ですと!?　ロンデルと懇意の狸《タヌキ》ではありませんか！」

「そうだな」

ロンデル侯爵――王妃の実父と懇意ということは、すなわち第一王子派の貴族であり、クライヴの敵であるということだ。

「聖騎士団長を罷免して辺境へ追いやるという非道をなさった上に、更に敵の娘を娶《めと》れと……!?　陛下は何をお考えなのですか!?」

怒りと不安に血相を変えて嘆くマーカスに、クライヴはもう一度深いため息をついた。

「〝無益な派閥争いを解消するための第一歩〟――だそうだ。国家の安寧《あんねい》を図るための政略結婚だよ」

第一王子か、第二王子か——この争いは政界の権力をきれいに二分したまま、ローレンスが王太子の座に座った後もなお続いている。

『この争いに終止符を打たなければ、自分亡き後、この国は大混乱に陥るだろう』

王はそう確信しており、それを回避するためにこの結婚が必要なのだと言う。

「政敵同士を婚姻で結びつけることで、派閥争いを終結させる……というわけですか」

「古来からよくある手法だよ。実際、先王も戦争終結に際してマゼンタ国から妃を娶った」

このバーガンディと陸続きのマゼンタは、宗教の違いから歴史上何度もぶつかり合っている。五十年ほど前に起きたシュケット河畔の戦いで、バーガンディはマゼンタの軍勢を大破し、中立国ウィートの首都ラムガンにて後にラムガン宣言と呼ばれる降伏勧告をした。その中で、マゼンタの土地の三分の一とその王女の輿入れを降伏条件としたのだ。

つまりクライヴの祖母である王太后は、マゼンタから嫁いできた、いわば人質の姫君だったというわけである。

だが人質だったとはいえ、祖父と祖母の夫婦仲は大変良かったらしく、この二人を題材にした物語や演劇が作られているくらい有名な話となっている。

「それはそうですが……」

「〝トマール風邪〟の大流行のせいでこの国も多くの民を喪い、国力も削《そ》がれた。その上ご自身の体調が思わしくないようで、気弱になっておられるのだろう。ご自分の生きている内に国勢を安定させたいとおっしゃっている……」

父王は今年七十二歳になる。

武芸に秀で、若い頃は自ら戦場に出て指揮《しき》を執ったほど勇猛果敢《ゆうもうかかん》な人だった。最近まで矍鑠《かくしゃく》としていたのに、最近食が細くなりめっきり老け込んだ。どうやら胃腸と喉に不調を抱えているらしいのだが、治療方法が見つからないのだそうだ。

（典医の話では、深刻な病状ではないとのことだったから、命に別状があるわけではないようだが……。やはりお歳なのか……）

人間は老齢になると、体力だけでなく気力も失われていくと聞いたことがあるが、父もまたそうなのかもしれない。自分が幼い頃にはあれほど雄剛な人であったのに、と身内の老いに少々物悲しさを覚えてしまい、クライヴは黙ったまま目を伏せた。

「ともあれ、父上の望みを叶えて差し上げたい。ボーフォートの娘だろうが構わない。俺が結婚して丸く収まるというのなら、そうしよう。お前たちも、そのように心づもりをするように」

クライヴの迷いのない口調に、マーカスはそれ以上の言葉を呑み込んだようで、深く頭を下げて「……御意」とだけ答えた。

不承不承といった様子の執事に苦笑しながら、クライヴは心の裡で謝る。

（すまないな、マーカス）

敵方の令嬢を女主として迎えなければならないのは、長年自分に仕えてくれている使用人たちにとってはさぞかし苦々しいことだろう。

（皆は不本意だろうが、それで穏やかな生活が手に入るなら安いものだ）

もとより、自分は結婚しないつもりでいたクライヴだ。

自分の結婚相手には、自分を王太子に据えたい貴族の娘があてがわれるだろうと思っていたし、そうなれば派閥争いが激化するのは目に見えていたからだ。

これまでの半生は、息が詰まるような記憶ばかりだった。

王太子の座も、王子の地位も、聖騎士団長という重責も、全て要らない。

（もう争いはうんざりだ。今はただ、静かに暮らしたい……）

辺境伯に任じられ、ようやくその念願が叶いそうなのだ。

敵方の娘を娶るくらいしてやろう。

その娘はこちらの情報をむこうに渡すために放たれた諜報員《スパイ》であることは間違いないが、それでも構わない。痛くもない腹を探られたところで問題はないのだから。

（何も本当の夫婦になる必要はない。同じ屋敷の中に住まう他人だと思えばいいだけだ）

これまでも、敵――継母と異母兄と同じ城の中で生きてきた。その敵がたった一人になるだけでも随分と楽になる話だ。食えない継母と手に負えない兄と比べれば、小娘一人など可愛いものだろう。

——全ては、静かで穏やかな生活のため。

クライヴは静かに息を吐きだし、紅茶をもう一口飲んだのだった。

第二章

クライヴがゲインズボロ城にやって来たのは、勅命を受けた約一月後だった。

二つの領地の領主を兼任しているため、カントリーハウスもハリベリ、ゲインズボロにそれぞれあるのだが、クライヴが住むと決めたのはゲインズボロの方だ。

理由は簡単で、ゲインズボロの方が王都から遠いからだ。

中央のゴタゴタからはできる限り離れていたかった。

だが厭世《えんせい》的な気持ちだけが理由ではなく、ゲインズボロは隣国との国境沿いの領地であり、有事の際に迅速に行動するためでもある。

（……中央から離れていたいと言いながら、国のことを考えてしまうのだから呆れたものだな）

長年軍職にあったせいなのか、この国を守らねばならないという義務感が、その身に染み付いてしまっているのかもしれない。

王都からやって来たクライヴたちを迎えたのは、屋敷ではなく監視塔や砲台などを抱える重々しい城塞だった。かつて存在したゲインズボロという国は、このバーガンディと、隣国マゼンタという二つの大国に挟まれて位置していたため、こうした堅固な城塞は不可欠だったのだろう。百年ほど前のバーガンディとの戦いは熾烈《しれつ》を極めたと歴史書にあったが、城壁に残る剣の傷や砲丸を喰らった跡などから、その攻防の激しさが窺えた。

華美な装飾のない質実剛健《しつじつごうけん》な雰囲気は、軍事職に身を置いていた者としては慣れたものだ。

クライヴは気に入ったが、一緒に連れてきた執事のマーカスは不満だったようで、『これが王子殿下の住まいとは嘆かわしい！　私めにお任せください！　必ずや相応しい、そして快適な城に変えてみせます！』と盛大に嘆き悲しみ、到着するやいなや、カーテンだの絨毯《じゅうたん》だのを発注し、外壁の修繕業者を呼んでいた。頼もしい限りである。

城の中の手配は信頼するマーカスに任せておけば良さそうなので、クライヴは領地の見回りなどに精を出していた。

領民たちは新しい領主となったのが『英雄殿下』であることを喜んでくれているようで、どこへ行っても歓迎ムード一色だった。田舎であるため、領民たちは洒落っ気からは縁遠く素朴な風情だったが、それがかえってクライヴの目には好ましく映る。形《なり》ばかり華やかで、権力争いでギスギスしていた王都の連中とは大違いである。

ようやく穏やかな生活が送れると喜ぶあまり、領民たちに混じって農作業をし、泥だらけになって城に帰還して、マーカスに目を剝かれてしまったが。

だが領民たちとの心温まる触れ合いをしていたのも束の間、この平穏な生活を揺るがす危機が訪れた。


「アイリーン・アンバーでございます。どうぞ末永くよろしくお願い申し上げます」

そう言ってバーガンディ城に現れたのは、小柄な女性だった。

子鹿色の髪をきっちりと結って、露出の少ない若草色のドレスを身に纏い、恭《うやうや》しくカーテシーをしてみせる姿は、清楚な貴族の令嬢といった風情だ。

（……これが、ボーフォート伯爵の娘、か……）

ボーフォート伯爵は、ロンデル侯爵の腰巾着といっても過言ではない男だが、半年ほど前に自宅の庭を散歩中に突然倒れ、一命を取り留めたものの未だ病の床に臥《ふ》しており、その執務は嫡男であるフレドリックが代わっている。

フレドリックは第一王子派である父伯とは違って中立派で、王座を巡る争いには平和的に終止符を打つべきだと公言している。

父王はそれを見込んで、ボーフォート伯爵家に政略結婚の白羽の矢を立てたのだろう。

父王は信じているようだが、クライヴはフレドリックという男をあまり信用していない。

どうにも言動が浅薄《せんぱく》に思えてならないし、あの笑顔も胡散《うさん》臭い。そもそも父伯はまだ正式に引退したわけではないから、病が治癒すればまた政界に戻ってくるだろう。つまり、フレドリックの言葉にどれほどの重みがあるかも分からない状態だ。信用するのはなかなか難しいところだ。

とはいえ、父王の望みを叶えて結婚すると覚悟を決めた以上、花嫁は迎え入れなくてはならない。

(――それがたとえ、諜報員《スパイ》であるとしても)

この女性がボーフォート伯爵家の令嬢である以上、信用はできない。

彼女はこちらの情報を父――すなわち兄王子側に伝えるためにここへやって来たと考えるのが妥当だ。

(夫婦になるとはいえ、形だけだ。城の中にあっても、別々に暮らしていれば問題はないだろう)

便宜上の夫婦、というわけだ。

政略結婚が当たり前の貴族社会では、そういった夫婦も少なくない。その場合、跡継ぎとなる子どもを作る必要があるが、クライヴの場合は跡継ぎを必要としていないので問題はない。

(国に波乱を起こす俺のような人間の血筋は、潰《つい》えた方が世のためだろうしな)

マーカスが聞けば盛大に嘆き悲しむだろうが、国が乱れる方がよほど嘆かわしい。

そんなわけで、クライヴとしては全く期待をしていない結婚相手だったのだが、現れたのはなかなかどうして、素朴で可愛らしい娘だった。

貴族の令嬢にしては珍しく化粧をしておらず、身につけているドレスも装飾があまりないシンプルなデザインだ。

ハシバミ色の瞳は子猫のように丸くキラキラとしていて、小さいけれど形の良い鼻や、野いちごのように赤い唇が印象的だ。

（……あまりボーフォート伯爵には似なかったのだな）

ついでに言えば、兄のフレドリックにも似ていない。フレドリックとは腹違いのきょうだいらしいから、似ていないのも無理はないのかもしれない。ボーフォート伯爵は二回ほど妻に先立たれて、今は三番目の妻であったはずだ。それぞれがどの妻の子なのかは分からないが、この娘は母親似なのだろう。

（それなのに、どうしてだろう。この娘の顔をどこかで見たような気がするが……）

面倒ごとが増えるだけの社交界にはほとんど参加しなかったが、父王主催の晩餐会などは出席を免れなかった。その時に見た顔だったのだろうか。

そんなことを考えていると、マーカスの「殿下」という囁き声が聞こえて我に返った。目の前にはカーテシーを終え、じっとこちらを窺っている自分の『新妻』がいて、クライヴは慌てて小さく咳払いをして口を開く。

「……遠路はるばる、よくまいられた」

「ありがとう存じます……！」

澄んだ明るい声色に、少しハッとさせられた。

彼女——アイリーンはこちらの情報をローレンス側に流すために派遣された、敵方の諜報員《スパイ》だ。もっと警戒心のある……あるいは含みのあるような態度を取るだろうと予想していたのに、ずいぶんと屈託のない声だ。

どんな表情をしているのだろう、とその顔を窺うと、キラキラとしたハシバミ色の瞳と視線が合った。彼女はこちらをまっすぐに見つめていて、クライヴと目が合ったことに感極まったように目を見開いて、さらに瞳をキラキラと輝かせた。キラキラというか、うるうるというか……。

（……もしかして涙ぐんでいないか？）

やたらに瞳が輝いているのは、彼女の目に涙が浮かんでいるからだ。

（な、なんだ？　俺は何か泣かせてしまうようなことを言ったか？）

望んで迎え入れる妻ではないが、妻となるからには丁重に扱うつもりだ。だからそんな酷い言動をしたつもりはないのだが。

少々狼狽えてしまい、なんと声をかけようかと逡巡《しゅんじゅん》していると、アイリーンの方から口を開いた。

「お会いっ、できて……恐悦至極《きょうえつしごく》に……！　存じます……！」

まるで心に滾る感情を必死に抑えているかのような、切れ切れの喋り方だった。

それがなんだか妙な迫力があって、クライヴは若干気圧されながらも頷いた。

「あ、ああ……」

「本来であれば私ごとき者が、殿下にお目もじできるような立場にないことは重々承知しておりますが！」

「いや、そんなことは……」

下位貴族とはいえ、仮にも伯爵家の令嬢の言葉とは思えない。

確かに古《いにしえ》には、王族の伴侶となる者は侯爵以上の上位貴族でなければならないという不《ふ》文律《ぶんりつ》があったらしいが、血が濃くなりすぎたために、現在では子爵以上であれば問題ないとされている。

伯爵家は下位貴族の中では筆頭の地位であるし、ましてやこれは国王の決めた政略結婚だ。誰も文句は言わないいし、言えない。

だからそれほど自分を卑下《ひげ》する必要はないと思うのだが。

戸惑いながら脇に控えるマーカスをチラリと見ると、彼も目を丸くしてアイリーンを見つめている。

周囲の驚いた様子が目に入っていないのか、アイリーンはキラキラうるうるとした目で、クライヴに向かって決意表明でもするかのように言った。

「幸運にもこうしてご縁を賜りました以上、このアイリーン・アンバー、殿下に誠心誠意お仕えいたします！」

「……あ、ああ、……？」

お仕えされても困るのだが。

敵方の諜報員《スパイ》から『誠心誠意』という言葉が出るとは思わなかった。

なんの茶番だこれは、と言ってしまいそうになるのを我慢して、クライヴはまた咳払いをした。そして軽く片手を上げて、なおも続きそうな彼女の熱弁を止めた。

「アイリーン嬢、言っておかねばならないことがある」

「ハイッ！」

返事のキレが良すぎる。軍人だろうか。いや、令嬢のはずだ。

令嬢とはもっと和《なご》やかに喋るものではないのか。

どうにも調子が狂う。

クライヴは面食らいつつも、真面目な口調で切り出した。

「……君も分かっているだろうが、我々の結婚は、激化した政界の派閥争いを収めるための政略結婚だ。ゆえに、無理に夫婦になる必要はないと考えている」

「――それは、〝白い結婚〟を通すおつもりでいらっしゃるということでしょうか？」

到着したばかりの妻に向かって、『夫婦になる必要はない』などととんでもないことを言っているのだが、意外なことにアイリーンは冷静だった。

状況をしっかりと把握、分析し、『白い結婚』という結論に瞬時に到達するあたり、頭は悪くないようだ。

「〝白い結婚〟は、婚姻を無効にし、その妻を他家へ嫁げるようにするためのものだ。我々の結婚が無効になることは政治的に難しいだろう。申し訳ないが、君が他家に嫁ぐことはできない。……だが、俺は子を望んではいないので、君が〝白い結婚〟を求めるのであれば、応じるつもりでいる」

クライヴの発言に、マーカスが「殿下!?」と悲鳴のような声を上げる。「嫡子は要らないなどと、何を言い出してくれているんだ、この主は！　この家を断絶させる気か！」とその顔に書いてあるが、マーカスの相手はひとまずおいておこう。

片手で執事を制して、クライヴは来たばかりの己の新妻に視線を戻す。

「だが、君が孕《みごも》れば、その子はこの家の子ということになるため、他の男との姦淫は許可できない。君がもし子を望むのであれば、相手は俺以外にないと……」

「と、とんでもないことにございます！　そのような、恐れ多い！」

「そう、恐れ多……――ん？」

アイリーンの返事がおかしい。

自分たちの結婚について、どういう形態でやっていくのかを相談していたはずだが、何がどう恐れ多いことになるのか。

「アイリーン嬢？　恐れ多いとは……」

意味が分からず、仕方なく発言の意図を訊ねると、彼女はなぜか両手を胸の前で組み、神に祈るような体勢になった。

「わ、私は、クライヴ殿下を敬愛しております！」

「…………」

唐突な発言に、クライヴは絶句してしまった。

「…………なんだって？」

唖然として訊き返すと、アイリーンはキリッとした表情になる。なんというか、自信が漲った凛々《りり》しい面構えだ。

「ボーフォート伯爵の娘としてここにいる以上、私の言うことを信じていただけないことは承知しております。ですが、私は殿下のお役に立つためにまいりました。殿下がお嫌なことは決してしないと誓います。結婚という形ではありますが、妻として扱っていただくつもりはございません。私は殿下の僕《しもべ》でございます！」

まるで演劇の役者のように高らかに述べると、「やり切った！」とでもいうように満足そうに微笑むアイリーンに対して、クライヴや周囲の者たちは、ただひたすら呆気に取ら

れていた。

（……なんだこの娘は……）

なぜこんなに誇らしげで自信満々なのか。

腹の底がムズムズとする感覚を必死で堪えながら、クライヴはそれを誤魔化すようにこめかみを揉んだ。

「あー……アイリーン嬢……」

「この命を懸けて、あなた様をお守りいたします！」

何がどうしてそうなった。

話が嚙み合わず、クライヴはさらにこめかみを揉んだ。

「命は……懸けなくてよいから……その、長い旅路で疲れただろう。君の部屋を用意してあるので、まずはゆっくり休むといい」

ニコリ、と愛想笑いをして退室を促せば、アイリーンはパッと顔を輝かせて頷いた。

「なんてお優しい……！　ありがとうございます。ではそうさせていただきます」

「……あー、メリンダ、アイリーン嬢を部屋へ案内しなさい」

メリンダは、レディーズメイドとして彼女につけようと思っていたメイドだ。年若いがよく弁《わきま》えた娘で、アイリーンとも歳が近いので話も合うだろうと思って選んだ。

メリンダに促されてアイリーンが部屋を出ていくと、クライヴはようやく深いため息を吐き出した。

「……なんというか、おかしな花嫁がやって来たものだな」

敵方の家の令嬢で、諜報員《スパイ》であるはずなのだが、貴族の令嬢らしくない上に、クライヴを敬愛していて、自分はクライヴの僕《しもべ》だと言う。

何もかもが想定していた娘とは違い、クライヴは大いに困惑していた。

「おそらく、こちらを油断させようという罠でしょう」

苦々しい口調でそう言ったのは、もちろんマーカスだ。

アイリーンが出て行ったドアを睨むように見据え、フンと鼻を鳴らす。

「あのような戯言《ざれごと》などに、ゆめゆめ惑わされませんよう！」

厳しく忠告してくる老執事に、クライヴは苦い笑みを浮かべた。

「分かっているよ」

何度も言うが、彼女は敵方の諜報員だ。

その言動を信じられるわけがない。

（……だが、それにしても、本当に変わった娘だったな）

こちらをまるで神様か何かのように見る、あのハシバミ色の瞳を思い返し、笑いが込み上げてくる。

「フッ……ク、ククク……！」

一度笑い始めたら、笑いの発作《ほっさ》に火が付いてしまったようで、クライヴはクックッと笑い出した。

本当は、彼女がいた時から笑いたかったのだ。

「何を笑っておいでですか、殿下！」

「ふ、ククク、す、すまん、マーカス！　あの娘の……妙に誇らしげな顔を思い出したら……！　おかしくて……！　クハハハハ！」

喜劇の役者のようなセリフなのに、謎の迫力があってこちらが気圧されるほどだった。あの状況で、どうしてあんなに自信満々な表情ができるのか。

腹を抱えて盛大に笑い出す主人に、マーカスはやれやれとため息をついている。

「あー、おかしい！　いやぁ、こんなに笑ったのは久々かもしれないな」

ようやく笑いの発作が治まり、笑い涙を拭いながら言うと、マーカスはハッとしたように眉を上げた。

「……ここ数ヶ月は、怒濤《どとう》のようでしたから。張り詰めておいでだったのも無理はございません」

「……そうかもしれんな」

マーカスが言っているのは、ローレンスたちに嵌められた数ヶ月前の事件からのことだ
(……ダメだ、おかしい)

ろう。だがクライヴが言っているのは、もっとずっと以前からのことだ。

子どもの頃からずっと、クライヴにとって居場所はあってないようなものだった。

自分を亡き者にしようとする義母たちが住む王宮は、いつ何時寝首を掻かれるか分からない戦場のような場所だったから、心から声を上げて笑った記憶は片手で足りるほどだ。

子どもの頃からずっとそうだったせいか、作り笑い以外の笑い方を忘れてしまったのではないかと自分で思っていた。

（……だが、違ったな）

自分の中にも、まだ人間らしい喜怒哀楽の感情が残っていたらしい。

それが妙に感慨深く、クライヴは右手で自分の顎を摩《さす》ったのだった。

＊＊＊

メリンダというメイドに案内された部屋は、非常に広い客室だった。

このゲインズボロ城は城塞らしく、装飾の少ない無骨な雰囲気の建物だが、その部屋は女性らしい柔らかな色合いの壁紙とカーテンに、レースのあしらわれたベッドカバー、調度品も優美な印象のものが配されていた。

おそらく、アイリーンのために改装してくれたのだろう。

「なんて素敵なお部屋……！」

敵方の家の令嬢だというのに、こんなに細やかな配慮をしてくれるなんて、やはりクライヴは器の広い優しい人だ。

部屋の前で感激に立ち尽くしていると、「奥様」とメリンダに声をかけられた。

「あっ！　ごめんなさい……うっかり感動に浸っていたわ。何かしら？」

慌てて振り返ると、黒髪をきっちりとシニヨンに纏《まと》めたメイドは、一瞬困ったような表情になったが、すぐに無表情に戻って口を開く。

「本日よりレディーズメイドとしてお仕えいたしますメリンダと申します。どうぞよろしくお願いいたします」

「あ……レディーズメイドって、私の？」

レディーズメイドとは、女主人に専属で仕える若いメイドのことである。存在することは、もちろん知っていた。なにしろ、あのいけ好かないボーフォート伯爵の屋敷で、アイリーンを散々ばかにしてくれたメイドがそれだったからだ。

突然現れた平民上がりの婚外子であるアイリーンが気に食わなかったのだろう。『ねえ、なんだか馬糞《ばふん》の臭いがしない？』だの『見て、あのガニ股！　どうしたらあんな歩き方ができるのかしら！』などと、聞こえよがしに言いたい放題言ってくれたものである。

（ボーフォート伯爵夫人のレディーズメイドかなんだか知らないけど、どうしてあんなに高慢《こうまん》ちきになれるのか不思議だったわ……）

貴族の屋敷の女性の使用人の中では、最上位であるハウスキーパーに次ぐ上位のメイドらしいが、だからといってイジメをしていい理由にはならない。

修道院でも人間関係のいざこざはあったが、あれほど陰湿なイジメはなかった。

（上に立つ人の違いなんでしょうね……）

高潔で公平なアントニアが、理不尽なイジメや虐待を許さないことは明らかだ。皆それが分かっているから、アントニアに怒られるような真似はしないのだ。

逆を言えば、ボーフォート伯爵家では、主人一家がアイリーンのことをばかにして軽蔑していた。使用人にもそれが伝わったから、あんな態度だったのだろう。

ともあれ、専属メイドというものはその家の女主人にしかつかないものだ。

「殿下は私のような者にまで、レディーズメイドをつけてくださったの!?　なんて寛大なお方なんでしょう！」

またもやクライヴの優しさに感動していると、メリンダが目を白黒させている。

その彼女の手をとって、アイリーンはにこりと微笑んだ。

「でも、私にはレディーズメイドなんて必要ないわ。あなたはいつもの持ち場に戻ってちょうだい」

「――えっ⁉」

「それから、〝奥様〟だなんて呼ばなくていいのよ。私は政略結婚でここへやって来たけれど、クライヴ殿下の妻になれるような人間ではないもの。普通に〝アイリーン〟と呼んでね。仲良くしてくれたら嬉しいわ」

ニコニコしながらそう言うと、メリンダは目を白黒どころか、今にも卒倒しそうな顔になっていた。

「お、お待ちください、奥様！　そんなこと、困ります！」

「え？　困るの？」

「はい！　私は殿下に〝奥様にお仕えするように〟と命じられレディーズメイドになりました。それを不要だとおっしゃられると、私は与えられた仕事を満足にできない役立たずの使用人になってしまいます！」

「それは……確かに困るわね」

この大きな城の中には、レディーズメイドの仕事ではなくとも他にもたくさん仕事があるだろうから、自分に人員を割く必要はないと思っての発言だったが、メリンダが役立たずとされてしまうのは気の毒だ。

「それなら、やっぱりレディーズメイドをしてもらおうかしら」

「そうしていただけるとありがたいです！」

ホッと胸を撫で下ろすメリンダに、アイリーンは肩を竦めた。

「とはいっても、私は大抵のことは自分でできるから……頼むことは少ないと思うけど」

「ご自分で？　なさるんですか？　何を？」

「貴族のご令嬢は、着替えもお風呂も髪を梳《と》かすのだって使用人にやってもらうんでしょう？　私は手伝ってもらわなくとも、全部自分でできるし、なんだったら掃除も洗濯も自分でやるわ」

得意げに言ったアイリーンに、メリンダがあんぐりと口を開ける。

「そ、そんな貴族のご令嬢、見たことがありませんけど！」

さもあらん。

アイリーンはニヤリと口角を上げて笑った。

「だって私、ちょっと前まで貴族じゃなかったもの」

暴露すると、メリンダが悲鳴のような声を上げる。

「えええええっ!?　お、奥様、貴族じゃないんですか!?　偽者!?」

「偽者っていうか、半分だけ貴族っていうか……」

アイリーンが事情を説明すると、メリンダは顔を真っ赤にして聞いてくれた。

「つ、つまり、奥様はボーフォート伯爵の婚外子で、平民として暮らしていたところへ、娘が必要になったからという理由で攫われて、伯爵令嬢に仕立て上げられたってことですか!?」

「攫われたわけじゃないけど、まあ大体そんな感じかしら。だから王子殿下のお妃様になれるような人間じゃないのよ。やっぱり、レディーズメイドなんてつけていただくのはもったいない……」

改めて考え込んだアイリーンの手を、メリンダがガッと握った。

驚いてメリンダを見ると、彼女は目を爛々《らんらん》とさせていて、興奮したように捲《まく》し立て始める。

「なんてロマンティックなんでしょう！　平民の娘が、王子様に見初められて結婚……まるで恋愛小説みたいなお話だわ！　こんなことが現実にあるなんて！」

「……ん？」

「私は、奥様の味方です！　ええ、味方ですとも！　不遇だけれど美しく心の清い娘は、王子様と結婚して幸せにならなくてはならないのです！」

「待って待って。落ち着いて、メリンダ」

誰が『不遇だけれど美しく心の清い娘』かという話である。

だが確かに、そういう類の恋愛小説が巷《ちまた》に溢れていることは、アイリーンも知っている。興味がないのでアイリーンは読んだことはないが、クレアが好きでよく読んでいたからだ。

どうやらメリンダも恋愛小説愛好家らしい。

だがその小説の主人公とアイリーンを混同されては困るのだ。

「私は別に、クライヴ殿下に結婚してもらうためにここに来たわけじゃないのよ」

それに結婚すれば幸せになれるわけじゃない。結婚相手に暴力を振るわれ、あの修道院に逃げ込んできた女性を何人も知っているだけに、大いに反論したいところだが、今の論点はそこではないだろう。

「えっ？　でも、殿下と政略結婚をなさったのですよね？」

「そう。第一王子派と第二王子派で分裂した政界を纏めるための政略結婚よ。ボーフォート伯爵家は、クライヴ殿下と敵対している第一王子の派閥に属していて、いわば敵方。そんな娘を、クライヴ様が妻にしたいなんて思うわけがないでしょう？」

アイリーンの説明に、メリンダは少し気まずそうに頷いた。

どうやらこの屋敷の使用人たちの中にも、アイリーンが敵方の家の令嬢であることは伝わっているらしい。

完全にアウェーな状況だなと苦笑が込み上げたが、あのボーフォート伯爵家に比べれば、クライヴを主人とするこの城は天国のようなものだろう。

「だから、私は〝形だけの妻〟として名前だけ置いてもらって、後は恩返しのために殿下のために働こうと思っているの！」

拳を握って宣言すると、メリンダが胡乱《うろん》な眼差しになった。

「働くって……あの、〝形だけの妻〟とおっしゃいますが、妃殿下であることには違いないのですし、〝働く妃殿下〟なんて聞いたことありませんけど……」

「……そ、れは、確かにそうね……」

鋭い指摘に、アイリーンは唇を噛んだ。

妃殿下が働くと、クライヴの名前に傷をつけることになるだろうか。

それは困る。働き方を考えなくてはいけないかもしれない。

「それに、恩返し、ですか？」

「ええ。実は私と母は、騎士団にいらっしゃった頃の殿下に、命を救っていただいたことがあるの。その時のご恩を、この命を懸けて返すつもりよ」

「命を懸けて……そこまで……」

力強く言ったアイリーンに、メリンダが驚いたように呟いた。

「ええ。クライヴ殿下に救っていただいた命ですもの！」

にっこりと微笑むと、メリンダは呆気に取られたような表情になった後、小さく噴き出して笑った。

「奥様って、変わっておられるんですね」

「……変わっているかしら？　半分貴族にさせられる前は、そんなこと一度も言われなかったけど」

平民と貴族とでは価値観が全く違うのだから、変わっていると思われても仕方ない。

半分どころか、外側だけ貴族に見えるように取り繕っただけで、アイリーンの中身は平民のままなのだから。

うーん、と考えていると、メリンダはクスクスと笑い始めた。

「半分貴族って！」

「だってそうじゃない？　貴族なのは父親だけだもの」

「それはそうですけど……。普通は半分平民であることを隠そうとしそうなものなのに……」

「そうね。伯爵家からは隠すようにって言われていたけれど」

「えっ」

「でも私、あの人たちのこと嫌いなのよね。なんで嫌いな人の言うことなんか聞いてあげなくちゃいけないのって思うじゃない」

そもそも、お世話になった修道院――アントニアに迷惑をかけたくないから伯爵家に行っただけで、監視の目がないこの状況で、あの連中に従う理由なんかないのである。

異母兄に連れていかれた伯爵家で、アイリーンは父に初めて会った。

結論から言えば、想像通りの……貴族にありがちな選民意識の強い、傲慢《ごうまん》で鼻持ちならない大変に嫌な人間だったので、病の床にあることを知っても全く同情心が湧かなかったほどだ。

(病床にあってもあれだけ威張り散らせるって、一種の才能だと思ってしまうわ……)

アイリーンを見るなり、伯爵は盛大に舌打ちをしてこう言った。

『よくもまあ、野良犬の分際で私の前に顔を出せたものだな！ 私はお前を娘だとは認めん！ だが状況ゆえに、仕方ない。このサマセット家の娘と名乗れることを光栄に思い、我が家のために働くのだ！』

開いた口が塞がらないとはこのことだろう。

アイリーンは危うく、ベッドの傍に置かれた盥《たらい》の水を、その偉そうな顔にぶちまけるところだった。もちろんそんなことをするほど野蛮ではないし、報復が怖いのでやらなかったが、心の中ではクソジジイ……もとい伯爵に往復ビンタを三往復は食らわせていた。

とまあ、当主からしてそんな具合だったので、伯爵家での生活は酷いものだった。伯爵夫人には虫でも見るかのような眼差しを向けられたし、使用人たちからもばかにされる始末だ。

意外だったのは、あの異母兄のフレドリックが一番まともであったということか。

(まともというか、一番冷静に状況を把握していたというか……)

伯爵も夫人も、自分たち貴族の命令に、平民であるアイリーンが従うのは当然で、そうしないなんて疑ってもいないだろう。

だがそうではない。切羽詰まっているのは彼らの方で、アイリーンはそれを助ける側だ。さらにアイリーンには彼らを助ける理由がない。実際に、修道院の件で脅されていなければ、伯爵家になど行くつもりはなかったのだから。

アイリーンからの協力がなければ、王家から打診された政略結婚を成立させられず窮地に陥るのは伯爵家である。

フレドリックはそれを理解していた。

脅されて言うことを聞いているにしても、アイリーンの伯爵家に対する感情が負の方向に振り切られれば、逃げ出してしまうこともありうると思ったのだろう。

だから彼は、メイドがアイリーンをばかにする現場に遭遇した時には、酷い懲罰《ちょうばつ》を与えたり、伯爵夫人にも態度を改めるように苦言を呈《てい》したりと、アイリーンの待遇改善にそれなりに努めてくれた。

伯爵夫人には効果がなかったが、使用人たちには見せしめになったのか、イジメはそれ以来ピタリと止んだ。

性格は悪いが、頭が悪い人ではないのだろう。

とはいえ、アイリーンの伯爵家の悪印象が覆ることはなかったが。

（……大嫌いな人間ばかりのあの家でひと月も耐えられたのは、ひとえにクライヴ様へご恩をお返ししたかったから……！）

自分の嫁ぐ相手がクライヴだと聞かされた時の驚きは、今でも忘れられない。

まさか自分が嫁がされる相手がクライヴだなんて思いもしなかった。

しかもボーフォート伯爵家は第一王子派で、クライヴの敵方だ。

なぜ敵同士が結婚することになるのかと訊ねると、フレドリックはニヤリと笑ってこう言った。

『お前には、第二王子に関する情報を探り、報告してもらう』

要は、諜報活動をさせようというわけだ。

伯爵家――ひいては第一王子派の者たちは、両派の和解のための政略結婚を、そういう理由で承諾したのだ。

この事実を知って、アイリーンは雷に打たれたような衝撃を受けた。

（――私はこのために、ここにいるのかもしれない）

伯爵家がクライヴを陥れるための情報を欲していることは明らかだ。

ならば諜報役であるアイリーンが、その情報を渡さなければいいのだ。

（それどころか……第一王子派が不利になるように情報を操作することもできるのでは……!?）

いわゆる二重諜報員《スパイ》というやつだ。

　少し考えただけで、綱渡りのような真似だと分かる。情報をたくさん得なければならないし、その情報の真偽を見極める分析力も必要だ。正しい情報を得たところで、状況を見定めてそれを上手く使う判断力も不可欠だろう。

（そんなたいそうなこと、私にできるかしら？）

　怯《ひる》む自分がいたけれど、同時に奮起する自分もいた。

（できるわ。……そして多分、これは私にしかできないことよ）

　伯爵家の娘、そして政略的ではあるが彼の花嫁という立場に立てる、自分にしか。

　とんでもなく難しいことだと分かっているが、それでもアイリーンはそれが自分の使命なのだと感じた。

（クライヴ様の情報を伯爵家に渡すなんてもっての外《ほか》だもの。どうせ諜報員の役目をさせられるのであれば、私はクライヴ様のために動くわ）

　そう意気込んで、アイリーンはこのゲインズボロ城へやって来たのだ。

　敵方の家から嫁いできた娘を、クライヴが信頼してくれるとは思わない。

　まともな妻としては扱われないだろうし、おそらく冷遇されるだろうけれど、それでもクライヴのために働けると思えば辛くはない。

　だが覚悟をしていたにもかかわらず、クライヴはアイリーンのためにレディーズメイドを選び、部屋を改装までして待っていてくれた。

人格者とはこういう人のことを言うのだろう。

（救っていただいたあの日からずっと、私はあなたに励まされて生きてきました……！）

襲われた時に感じた理不尽さや惨めさは、『幸福とは赦しの先にあるものだ』という彼の言葉で払拭《ふっしょく》された。

母を亡くし、その喪失感と悲しみから、母と同じ場所へ行ってしまいたいと思う夜もあった。だが『あのお方に恩返しをするまでは』と思うことで生き延びることができたのだ。

「必ずや、クライヴ殿下のお役に立ってみせるわ……！」

意気込むアイリーンに、メリンダが少し呆れた顔をしながらも頷いた。

「頑張ってください。私は奥様がこの城の女主人として恙《つつが》なく暮らせるよう、頑張りますから！」

なんともありがたい励ましの言葉に、アイリーンは満面の笑みで礼を言ったのだった。

＊＊＊

結婚式は簡素なものだった。

望んだ結婚ではないから式など必要ないと言いたいところではあるが、国王の命による政略結婚だ。さすがにしないわけにはいかない。

とはいえ、この辺境は未開発の土地も多く、これといった産業も興っていないため、大変厳しい財政状況である。結婚式などという、民の腹の膨れないものにかける金はあまりないのが正直なところなのだ。

クライヴ個人の財産は、王子である上に騎士団長であった時の俸給もあって、それなりの額にはなる。民を養うためにそれを使うことは全く厭《いと》わないのだが、養うだけではほんの数年で尽きてしまうだろう。

（……民のことを思うならば、この領地を豊かにしなくては）

ゲインズボロは辺境と呼ばれるだけあって、中央から遠くさらに土地が痩せていて貧しい領地である。施政者として、殖産《しょくさん》や興業を図っていく必要があると考えているが、具体的な内容にまでは辿り着いていない状況だ。だから、その内容が決まるまでは資金をとっておかなくてはならない。

父王は王都で結婚式を挙げてはどうかと言っていたが、そんなことをすれば莫大な費用がかかる。慌てたクライヴは、「領主として就任して初めての祝い事なので、自領で行いたい」と遠回しに断りを入れた。

その結果、クライヴとアイリーンの結婚式は、ゲインズボロの古い教会で行うことになった。

ゲインズボロで一番大きな教会とはいえ、王都の教会と比べれば規模は十分の一にもならない質素な教会である。

本来ならば両家の肉親や親戚が参列するのだが、持病が悪化して常に体調不良を訴えている父王には、馬車で一週間もかかる旅程は苦行以外の何物でもない。父からは、ゲインズボロまでやって来るのを諦めた代わりに、祝いの言葉の書かれたカードと共に、金色に輝く六頭立ての馬車を始めとした、豪華な結婚祝いが山のように贈られてきた。

父については致し方ないことだと思ったが、呆れてしまったのはボーフォート伯爵家だ。『陛下が不参加となれば、我々も参加するわけはいかない』などと主張し、不参加を決め込んだのである。

クライヴとしては、腹の底では自分を亡き者にしたいと思っているだろう者たちと、おためごかしの会話をするのも面倒なので、彼らの不参加はありがたいくらいだった。

だが、可哀想なのはアイリーンだ。

自分の結婚式だというのに、家族や知り合いの誰からも祝ってもらえないのだ。

（娘が可愛くないのか？）

アイリーンは、諜報員《スパイ》でもあるが、人質としての側面もあるだろう。敵陣に独り置き去りにされる娘のことを憐れむ気持ちが、伯爵一家にはないのだろうか。

クライヴの方が腹を立ててしまったが、アイリーンの方は全く意に介する様子はなく、一家の不参加を告げても、「ああ、でしょうね」とケロリとした顔で頷いていた。怒っているわけでも、悲しんでいるわけでもない淡々とした様子に、周囲の方がオロオロした顔をしていた。

（諜報員として孤独に生きることに覚悟ができているということか……？）

だが、諜報員は情報を得るために目立つ行為をしないのが鉄則である。彼女は諜報員としては言動が突飛すぎる気もする。

よく分からないが、この娘は少々変わっているようなので不可解でも仕方ないのかもしれない。

互いの親族がいない中、教会で誓いの言葉を言い合うという簡素な結婚式ではあったが、教会の外には新しい領主の結婚を祝うために、領民たちがたくさん集ってくれた。

彼らのために祝宴を設け、豪華な食事や酒を振る舞ったのだが、驚いたのはアイリーンが彼らと気さくに喋っていたことだ。

気さくどころか、領民の赤ん坊を見て目を輝かせて「可愛い！」と叫び、その母親に頼んで抱っこまでさせてもらっていた。その後も花を渡してくれた若い娘たちと笑い合い、ハグなんかもしている。

驚いてその様子を観察していると、視線に気づいたアイリーンと目が合って、輝かんばかりの笑顔で笑いかけられた。

慌てて咳払いをしていると、クライヴの傍に戻ってきたアイリーンが『良い結婚式ですね！』と実に楽しそうに言った。

（……普通の令嬢ならば、こんな質素な結婚式を、と文句を言いそうなものだが）

ボーフォート伯爵は大変気位が高く、自分より高い身分の者にはヘコヘコと頭を下げるくせに、下の者に対しては傲岸不遜を絵に描いたような態度を取ることで有名だ。

だからその娘であるアイリーンも同類の人間だと思っていたのだが、どうやら違うようだ。

（……いや、こちらを油断させる演技かもしれない……）

ついうっかり警戒心を緩めそうになる自分を戒《いまし》めつつも、クライヴは面食らっていた。

領民に接する態度やその笑顔を見るに、とても自然で、心から楽しそうなのだ。

とても演技をしているようには見えない。

貴族の人間が平民に話しかける時、たとえそれほど気位の高くない者であっても、貴族然とした態度が滲み出るものだ。そこには『位高ければ徳高きを要す』というノブレスオブリージュの精神――すなわち、貴族は与える側の立場であるという考えがあるからだ。

アイリーンにはその高慢さが全く感じられない。

（これが演技なのだとすれば、かなりの手練《てだ》れなのでは……？）

やはり油断してはならない。

あの素朴で人懐っこい雰囲気に呑まれて、うっかり気を許しそうになってしまう自分を改めて戒めながら、クライヴはため息をついた。

（今夜のことを考えると、気が重いな……）

結婚式の夜──そう、初夜である。

形だけの結婚とはいえ、式の後には初夜という一大イベントが続くのは、古からの慣わしなので仕方ない。

おまけに『子を持つつもりはない』というクライヴの宣言を聞いてからというもの、執事のマーカスが執拗《しつよう》に子どもを持つ喜びを説いてくるのだ。

あまりにうるさいので、『子どもを産むことになるアイリーンは敵方の娘だがいいのか』と意地悪く訊いてみると、『お世継ぎがお生まれになりさえすれば、母親が誰であろうと問題ございません。私が正しく健やかに、大切にお育ていたしますゆえ！』と暴論を述べていた。

（……今夜とて、なんとか完遂させようと躍起《やっき》になって準備をしているに違いない）

──悪い予感とは、えてして当たるものである。

その夜の寝支度は、マーカスのあからさまな意図が満載だった。

湯浴みでは湯にバラの花びらがわんさかと投入してあったし、湯上がりにはやたらといい匂いの香油で念入りにマッサージをされた。もちろん普段はこんなことをしないので、やる気にさせようと必死なのが丸分かりである。

（はあ、まったく……。こちらの身にもなってほしいものだ）

クライヴとしては、アイリーンと本当の夫婦になるつもりはない。

だがこれが政略結婚である以上、初夜を行ったという事実は必要だ。多くの場合、両家から鑑定人が派遣される。彼らが初夜の翌朝に花嫁が純潔を失った証の血のついたシーツを確認して初めて、婚姻成立と見做《みな》されるのである。

今回も、アイリーンの輿入れにボーフォート伯爵家から派遣された鑑定人が付いてきている。家族は結婚式にすら来ないというのに、鑑定人だけは送り込んでくるのだから、本当に業腹《ごうはら》な連中である。

他人に性行為の有無を確認されるなど、悪趣味極まりない因習だと思うが、ボーフォート家の鑑定人がいる以上、初夜に同じベッドで眠ったという事実は必要だ。

（……血に関しては、俺の血でも構わんだろう）

証拠の捏造にはなるが、背に腹は代えられない。

問題は、アイリーンと同じベッドで眠るのに、手を出せないという苦行である。

クライヴとて、二十八歳の正常な男性である。

女性と同衾《どうきん》して何も感じないわけがなく、体はそれなりの反応を示してしまうだろう。とはいえ、それをアイリーンに悟られるのは少々情けない。なにしろ、出会い頭に『無理に夫婦にならなくていい』と宣言してしまっているのだ。

結局口だけか、と白い目で見られてしまうのは、できるなら避けたいところである。

（……彼女が全く好みではない女性であれば、まだ良かったんだがな……）

正直に言えば、アイリーンは非常に魅力的である。

整った目鼻立ちに、大きなハシバミ色の瞳が印象的だ。角度によっては淡いグリーンにも見える飴色の瞳は仔猫のようで、くるくると表情が変わるのが見ていて飽きない。

貴族の令嬢にしては珍しく、少し日に焼けた肌は健康的で、それが彼女の魅力を引き立てている。

宴で領民たちと一緒になってケーキを頬張り、大きな口を開けて笑い合う姿は、生命力がキラキラと溢れていて、クライヴの目には眩しく映った。

要するに、クライヴはアイリーンに惹《ひ》かれてしまっているのである。

（……敵の娘相手に、俺は何をトチ狂っているんだろうか……）

自分で自分が情けない。

これは何度も何度も自分に言い聞かせているが、あれはこちらを油断させる演技かもしれないのだ。だとすれば、自分は罠にまんまとかかった間抜けであるというわけだ。

（いかん。自制心を強く持て、クライヴ・ユージーン・ガブリエル。この辺境で穏やかな人生を生き直すのではなかったのか。敵の諜報員《スパイ》を相手に妙な感情を抱けば、面倒ごとに自分から足を突っ込むのと同じではないか。アイリーンは、敵なのだ。心を鋼にして、煩《ぼん》悩《のう》を消し去るんだ……）

夫婦の寝室のドアの前で深呼吸すると、クライヴは意を決してドアノブに手をかけた。

中に入ると、クリーム色のレースの夜着を着た彼女が、天蓋付きのベッドの傍でウロウロとしていた。クライヴ同様に湯浴みをしたのか、長い茶色の髪が背中に梳き下ろされている。

「あっ！　殿下……！」

アイリーンはクライヴに気づくと、慌ててシャキッと直立不動の体勢を取る。

彼女は自分を見ると軍人のような挙動になることがあるのだが、一体どうしてなのだろうか。

「……あー、座っていていい。楽にして」

「い、いいえ。殿下を前にしてそのようなこと、とんでもございません！」

「……」

キリッとした顔で首を横に振られ、クライヴはなんとも言えない心境になる。

近づいてみると、彼女の着ている夜着が半分透けた布でできていて、肌がうっすらと見えてしまうことに気がついた。悲しいかな、男の性《さが》というやつで、ほんの一瞬で彼女の嫋《たお》やかな体のラインや、細い首筋の下に見える胸の膨らみなどを確認してしまい、自分で自分を殴りつけたくなる。

（……くそ、マーカスめ……！）

彼女のこの夜着を用意したのはマーカスに違いない。有能すぎる執事を心の中で罵倒しながら、さりげなく彼女から視線を外したクライヴは、ゴホンと咳払いをした。

ここは紳士であることを見せるべきだろう。

一晩共に過ごすことになるのだから、一番不安なのはアイリーンのはずだ。

同じベッドを使うことになっても、彼女は絶対安全なのだと伝え、安心させてやる必要がある。

「あー、その、なんだ。今夜はその、一応、初夜ということになるが……」

「ハイッ！」

言いにくいことを言っているのだが、元気の良い相槌を受け、フッと笑みが漏れてしまった。元気が良すぎて、言いにくい雰囲気が霧散《むさん》していく。

（本当に変わった令嬢だ。普通の貴族の令嬢なら、ここは恥ずかしそうに俯《うつむ》いたりしそうなものだろうに……）

だがクライヴにしてみれば、その方が実に好ましい。貴族令嬢の『雰囲気を察して』と言わんばかりの言外のまだるっこしいやり取りは、腹の中を探り合う政界の連中との会話を彷彿とさせるので大嫌いだ。

「俺と一晩同じ部屋で過ごすことになるのは、君にとっては不安だろう。だが前にも君に言った通り、決して手を出したりはしないので、どうか安心してほしい」

できるだけ穏やかな声色を心がけて告げると、アイリーンは「ハイッ！」とこれまた元気よく頷いた。

「承知しております。不安など、カケラも感じておりませんので、ご心配は無用でございます」

「そ、そうか……」

そんなにキッパリ言われると、全く男として意識していないと言われているようで、いささか複雑な気持ちになる。

(いや、なにをばかなことを考えている。複雑な気持ちになる必要などない。これでいいのだ)

胸の裡で自分を叱咤すると、クライヴはベッドを指した。

「さあ、今日は君も疲れただろう。早くベッドに入って休もう」

モタモタしているからこんなことを考えてしまうのだ。

さっさと眠ってしまえば、妙なことを考えなくて済む。

そう思って言ったセリフに、アイリーンがギョッとなって勢い良く首を横に振った。

「とっ、とんでもございません！　一緒のベッドになど……！」

不安じゃないと言っていたのに断られ、クライヴは戸惑ってアイリーンを見る。

「……やはり、俺と同衾するのは不安か？　だが……」

「クライヴ殿下のことは信じております！」

打てば響くように返されて、ますます困惑してしまった。

何が言いたいのか分からず眉を顰めると、アイリーンはまたもやキリッとした表情になった。

「私ごとき僕《しもべ》が殿下と同じベッドを使うわけにはまいりません！」

『僕《しもべ》発言』に、クライヴは大いに面食らった。

あの発言は本気だったのか。

「……いや、形だけとはいえ我々は夫婦になったのだから、対等な立場だろう。それに、ベッドを使わないというなら君はどこで寝るんだ？　この部屋にはソファもないぞ」

共にベッドを使うしかないのだから、サッサとベッドに上がってくれ、という気持ちで言ったのだが、アイリーンは至極当然であるかのような自信満々な顔をしてこう答えた。

「床で寝ます」

「……なんだって？」

「床で十分です。この寝室の絨毯はフカフカですし！　何の問題もございません！」

「いやいやいや、待て待て待て」

頭痛がしてきた。

おかしいだろう。なぜ床で寝るのか。

「見てくれ。このベッドはキングサイズだ。俺は体格が良い方ではあるが、俺が三人寝てもまだスペースに余裕がある。俺と君とで眠っても、何の支障もない」

「スペースの問題ではないのです。殿下と同じベッドを使うなんてとんでもないことをしたら、私が爆発してしまいます」

彼女の体内には火薬が仕込まれているのか？

「俺が女性を床で寝かせるような人間だと思うのか？」

ジトリと睨んで言うと、アイリーンは苦悶《くもん》の表情を浮かべ、半泣きになりながら懇願し始めた。

「殿下のご高邁《こうまい》さはしかと存じております！　けれど、どうかそのノブレスオブリージュの精神は、今は封印なさってくださいませ……！　さもなくば、私が消し飛んでしまいます……！」

その顔が実に切羽詰まっていて、クライヴはこれ以上話を続ける気が失せた。

よく分からない理由だが、それが本当かどうかはさておき、これ以上彼女を困らせるの

は忍びない。

「……分かった。君がそう言うなら、そうしよう」

そう告げると、アイリーンはあからさまにホッと胸を撫で下ろし、「ご了承くださって、ありがとうございます」と呟いた。

こうして新夫は夫婦用の巨大なベッドに一人横たわり、その下で新婦がまるで飼い犬か何かのように丸くなるという、奇妙な構図が出来上がった。

（……なんだか、俺が政略結婚の妻を陰湿《いんしつ》に虐げる夫のようではないか……？）

咎めなくていいはずの気が咎めて仕方ない。

今日は結婚式ということで、朝早くからアイリーンも忙しかったはずだ。床ではなく、ベッドで眠った方が疲れが取れるに決まっている。

進軍中は野営が当然の軍職にあったクライヴは、ベッドで眠ることのありがたさを身に沁みて理解している。どこにも不具合を感じずゆったりと休めて、翌朝には体が痛むことなく目覚めることができるベッドという素晴らしい物が存在するのに、わざわざ床で眠る意味が分からない。

やはりベッドで寝るように説得するべきか、いやあまりにしつこく言うのもどうだろうかと、目を閉じながらも考えていると、「スゥ、スゥ」という規則正しい寝息が聞こえてきた。

（……アイリーン……？　眠った……のか？）

そっとベッドの下を窺えば、健《すこ》やかな表情で眠るアイリーンの白い顔が見える。

（よし、今なら……）

クライヴはそっとベッドから降りると、アイリーンの体を抱えてベッドの上に寝かし直した。抱き上げても起きる気配を見せない様子から、よほど深く寝入っているのだろう。

やはり、忙しい一日を送って疲れていたに違いない。

（俺と同じベッドで眠るのは嫌かもしれんが……こちらの方が疲れが取れるはずだ）

すやすやと子どものような顔で眠る新妻に掛布をかけてやりながら、クライヴはやれやれとため息をついたのだった。

第三章

　ゲインズボロ領主の結婚式の翌朝、城に盛大な悲鳴が響き渡った。

「キェエエ――――！」

　まだ夜も明け切らぬ早朝に響く、絹を引き裂くような……というよりは、霊媒師《エクソシスト》が悪魔祓いをする時のような奇声に、執事長のマーカスを始めとした使用人たちが主寝室に詰めかけたが、ドアの前で主人であるクライヴに止められた。

「アイリーンが寝ぼけてベッドから落ちただけだ。問題ない」

　え？？？　ベッドから落ちただけで、あんな凄い悲鳴上げる？？？　と使用人一同の目が点になった。そう言うクライヴは大変不機嫌そうな表情だったので、彼もまたあの奇声で目が覚めたに違いない。

　主人にそう言われれば、使用人は引き下がるしかない。しかも昨夜は主人夫妻の初夜であったのだ。それ以上野暮《やぼ》なことはできるわけがなく、心配性で有名な執事長も一礼してその場から立ち去った。

「……はぁ、まったく……」

詰めかけた使用人たちを追い払ったクライヴは、こめかみを揉みながらドアを閉めた。

(何もあれほど大勢で押しかけることはないだろう……)

マーカスだけでなく、メイド長やフットマンなど総勢十数名はいた気がする。

敵方の家の娘との結婚ということで、夜中に寝首を掻かれる可能性も無きにしも非ずという状況だったから、皆気を張っていたのだろう。

とはいえ、クライヴは元聖騎士団長だ。アイリーンのような華奢な娘の襲撃など、赤子の手を捻るようなものである。心配されるまでもない。

(だがまあ、あの悲鳴は確かに凄かった……)

あの奇妙な叫び声で叩き起こされた身としては、確かに「何事だ!?」と言いたくなるような悲鳴だったなと思う。

クルリと振り返ると、ベッドの下で平伏しながら身を震わせているアイリーンの姿があって、クライヴはため息をついた。

「……顔を上げなさい。そして床に這いつくばるのはやめなさい」

「本当に……本当に、申し訳なく……！」

クライヴの言葉が聞こえていないのか、アイリーンは平伏したままひたすら謝り続ける。

クライヴはやれやれと三度目のため息をつくと、無言でアイリーンの傍に歩み寄り、その体をヒョイと抱き上げてベッドの上にのせた。

「ヒ、ヒェ……そんな、そんな、自分でやりますのでェエ……!」

「嘘をつくな。ベッドに上がれと言っても、君は上がらないだろうが」

彼女が頑《かたく》なにベッドにのるのを拒むから、朝からこんな騒ぎになっているのだ。

むすっとして指摘すると、アイリーンはしおしおと肩を落とした。

「申し訳なく……」

「……はぁ、まぁいい。それにしても、俺の顔を見て絶叫するとはな。そんなに酷い寝顔だったか?」

少々心外なのだが、と自分の顔を摩りながら言うと、アイリーンはキッとした眼差しをこちらに向けた。

「そんなわけがございません! あまりに神々しくて目が潰れそうになってしまっただけです!」

「神々しい……? 目が潰れる……?」

相変わらず意味不明なことを言う娘である。

クライヴは瞑目して思考を切り替えた。

(とりあえず、これをやっておかねば……)

気を取り直すと、ベッドの枕元に忍ばせてあったダガーを取り出し、自分の左腕の袖を捲《まく》った。そしてダガーの切先を自分の腕に当てていると、アイリーンがギョッとした顔になる。

「え……殿下？」

「しぃ……黙っていろ」

囁き声で制しながら、クライヴはダガーをスッと引いた。チリッとした熱さが一瞬走り抜け、切れた皮膚の上に赤い血が溢れ始める。

「……っ！」

アイリーンが息を呑むのが伝わってきたが、クライヴの命令を守って声を出さなかった。

『いい子だ』と心の中で思いながら、腕の上から溢れそうになっている血を、シーツの上に払い落とす。パタパタと赤い雫が白いシーツを汚していくのを確認すると、ダガーで血のついた部分を切り裂いた。

「これを鑑定人に渡してくる」

アイリーンの破瓜の証の偽装工作というわけである。

面倒だがこれを渡しておかなければ、アイリーンと同衾した意味がない。

そのままドアの方へ行こうとしたクライヴの腕を、アイリーンが掴んだ。その目が涙で潤んでいる。

「お、お待ちください……！　せめて、手当てを……！」

「ん……？　ああ、そうだな。血が出たままか」

確かにこのまま鑑定人の前に出れば、偽装したと喧伝《けんでん》しているようなものである。

浅い傷なので放っておいてもすぐに血は止まるだろうが、拭っておく必要はあるだろう。

何か拭う物を、と探していると、アイリーンが窓際に飾られていた花束の中から一枚葉を毟《むし》り取ると、それを揉みながらクライヴの傷口に押し当てた。

「これは……マグワートか？」

どこにでも生えている雑草だが、独特の芳香があり、ハーブとしても使われている。このゲインズボロ地方では、この香りを嗅《か》ぐと子宝に恵まれるという言い伝えがあるらしく、花嫁のブーケや花冠に必ず入れられるそうだ。

（……この花瓶の花を活けたのは、マーカスだな……）

奴は目的のためならあらゆる手を尽くしてくる。恐ろしい執事である。

「はい。マグワートには殺菌と止血作用がありますから。こうしておけば化膿《かのう》しないし、血も早く止まります」

「へえ……ずいぶん詳しいな」

内心驚きながら、クライヴはまじまじとアイリーンを見つめた。

軍職にあったクライヴは、その辺に生えている植物などを使った応急処置の方法に、必然的に詳しくなった。だからマグワートの効能も使用法も知っていたが、これを貴族の令嬢が知っているとは意外だった。

「民間療法ですけれど、ちゃんと効くのでご安心を！」

サラリと答えるアイリーンに、クライヴは黙ったまま目を細める。

（……民間療法に詳しい伯爵令嬢……？）

なんともチグハグである。

医者にかかると高額になるので、平民の多くは医者にかからずこういった民間療法で怪我や病気を治す。だが貴族で――しかもボーフォート伯爵のような見栄っ張りな者が、自分の娘の治療に民間療法を採用するとは思えない。

訝《いぶか》しく思いつつも、手当てをしてくれたのは事実だ。

「……ありがとう。助かった」

礼を言うと、アイリーンはきゅっと唇を噛んでこちらを見上げる。

「いいえ。お礼を言わなくてはならないのは私の方です。本当ならば、私が血を流すべきでしたのに……！」

「え、いや……」

クライヴの頭の中に、証拠の捏造にアイリーンの血を使うという選択肢はそもそもなかったので、そんなことを言われて目を瞬いてしまった。

「女性に怪我を負わせるわけにいかない。気にするな」

騎士道精神の中に、『女性は敬愛し、守るべきものである』とある。

そのため女性に傷をつけること自体、クライヴの念頭にはないのだ。

だがアイリーンが首を横に振り、キッとした表情で言った。

「いいえ！　男も女も関係ありません！　もし次にこのようなことがあれば、傷つけるのは私の方にしてください！　殿下が私ごときのために傷を負われるなど、あってはならないことなのですから！」

またもや例のよく分からない迫力を出して言われ、クライヴは気圧されるようにして「あ、ああ……」と頷いたのだった。

＊＊＊

アイリーンは、結婚式の翌朝から頭を抱えていた。

恩を返すはずの恩人に、いきなり大迷惑をかけてしまったからだ。

（ああああ、私のばかばか！　こんな為体《ていたらく》でどうするの、アイリーン！　私はクライヴ様に恩返しをするためにここにいるのよ！　その恩人に寝顔を晒した挙句、お、同じベッドで、ね、眠るなんて……ありえないわ！　たるんでいるわ！　働きなさい！）

おまけにアイリーンがするべき初夜遂行の証の捏造を、クライヴにさせてしまった。

本来なら、アイリーン自身が行うべきであったのに、無駄にクライヴに怪我を負わせてしまった。

「恩を返すどころか、恩を重ねてしまっている……！　だめよ。このままじゃ本当にだめ！　今すぐにでも、挽回《ばんかい》しなくては！」

気負ったアイリーンが向かったのは、ゲインズボロの北西に広がる山間部だった。

まずは領地の視察である。

（痩せた土地として有名なゲインズボロだけど、地形や土の成分を調べれば、栽培可能な作物はあるはずなのよ）

幸いにして、アイリーンはそれなりに作物の知識がある。

この知識を利用すれば、ゲインズボロが豊かになる手助けができるかもしれないと考えたのだ。

この辺りでは檜《ひのき》や杉といった木材が豊富なため、林業を行う集落が点在しているが、いずれも規模は小さく、樹木も植林をしているわけではなく自然に任せて生えてくるものを伐採《ばっさい》しているだけのようだ。

林業だけでは生計が成り立たず、木を伐採した斜面に段々畑を作り、そこでジャガイモなどの作物を栽培している。

集落の者たちと共に山や畑の様子を観察して回ったアイリーンは、顔を輝かせて言う。

「一年を通して冷涼で、土壌は水捌《みずは》けが良く、近くに水質の良い川が流れている。思った通り！　ここはモンマルヴァの栽培にピッタリの場所だわ！」

アイリーンの言葉に、領民たちがきょとんとした顔になる。

「もん……何ですって？」

「モンマルヴァ。東方から伝わってきた植物よ。薬草の一種なんだけれど、香辛料としても使われていて、肉や魚の臭みをよく取る上に独特の風味と辛味があってとても美味しいの。今、王都で人気を博しているそうよ。国内ではまだ生産している地域は少なく、需要に供給が全く追い付いていないから、ものすごい高値で取引されている。上手く栽培できれば、この土地の名産品となるかもしれない」

「そ、そんなすごい植物が……？　ですが、そんなに貴重なら種とか苗を手に入れるのは、難しいのでは……？」

半信半疑の領民たちに、アイリーンは笑顔を浮かべる。

「大丈夫、ちょっとしたツテがあるんです」

モンマルヴァの栽培は、アントニアの修道院の工房が、付近の農家と協力してその栽培法を研究し、成功させていたのだ。いわば、農家との共同開発だ。しかしアントニアはモンマルヴァで上げた収益は全て栽培している農家に譲り、栽培法の開発の対価として、薬を製造する際に必要な分のモンマルヴァを受け取るだけに留めていた。

研究開発時、アイリーンもその手伝いをしていたため、栽培のノウハウは覚えている。モンマルヴァの苗は、その栽培農家、或いはアントニアに頼めば分けてもらえるはずだ。

「まずは畑作りから始めましょう！　石を集められそうな場所へ案内してください！」

こうしてアイリーンのモンマルヴァ畑作りが開始された。


始めた当初は、手伝ってくれる領民はわずかだった。

彼らには彼らの仕事があるし、唐突にやって来て何か始めた領主の奥方を信用もしていなかったのだろう。

「どうせ気まぐれで、すぐに飽きるだろう」と聞こえよがしに言われたこともある。

だがアイリーンはそんな軽口には耳を貸さず、畑作りのために毎日山間部に通い、大小の石を拾い集め、分別するという作業を繰り返していた。汗みずく、泥だらけになって沢と畑を行き来し続ける姿に、手伝う者は一人、また一人と増えていき、一月が経った頃には、その集落総出で畑作りをするようになっていた。

「奥方様！　日除けになるヤマハンノキはあれがいいと思うのですが……」

「ああ、大きくてとても良い木ね！　そうしましょう！」

「奥様、水路の深さを見てください」

「もう少し掘り下げた方がいいかもしれない。雨が降ると水位が一気に上がって、決壊しかねないわ」

「砂利《じゃり》が足りません！」

「なら取りに行きましょう！」

　領民の皆と共にモンマルヴァ作りに精を出す毎日は、クタクタになるけれど充実していてとても楽しい。

　朝早く城を出て、陽が落ちる頃に帰って来て、湯浴みをして泥のように眠る生活をしているせいか、最後にクライヴに会ったのはいつだったか思い出せないほどになってしまった。

　気を遣ってくれていたのか、最初の頃は夕食を共にするようにしてくれていたが、農作業の進行状況に合わせて動いているため、アイリーンが帰城する時間が定まらなくなってしまったのをきっかけに、『食事は別にしよう』と言われて以来、顔すら合わせない日々が続いていた。

　せっかく敬愛する人の傍にいるのに、顔も見られない毎日は、侘しくないと言ったら嘘になる。あの麗しい……いや、神々しいまでに美しいご尊顔《そんがん》は、できるなら毎日でも拝みたいほどなのだから。

（……でも、いいの。クライヴ様のために働いている今が、これまで生きていて一番満ち足りているから……！）

　伯爵家には一週間に一度、クライヴの身辺調査の報告書を提出することになっているが、城を出て農作業に勤しんでいるアイリーンに報告できるような情報があるわけがない。仕方がないので、クライヴ殿下は朝食にはこれとこれとこれを召し上がり、その後新聞をお読みになりながら珈琲《コーヒー》を嗜《たしな》まれ、午前中のうちに領地の視察に行かれ、帰宅後に昼食、これとこれとこれを召し上がり、その後一時間午睡《ごすい》をなさり、午後三時には紅茶とケーキを――という、ほぼ食べた物のメニューを羅列《られつ》した報告書を書いて送っている。しかもその食べた物も適当に並べているので、まるっきり嘘八百《うそはっぴゃく》である。

　異母兄のフレドリックからは『もう少し有益な情報はないのか、この役立たず』という内容が穏便に書かれた返事ばかりがくるが、それが狙いなのだから上出来な結果と言えるだろう。

（まあ、平民の娘を諜報員《スパイ》にすること自体に無理があるんだもの。使えなくて当然よね）

　そもそも人選ミスをしているのは向こうなのだ。諦めていただきたい。

（ただ、できれば向こうの動きも摑んでおきたいから、どんな情報が欲しいのか知っておきたいところだわ）

次の報告書には、『どういった情報が有益なのでしょうか』と質問を投げかけてみよう、と思いながら、アイリーンは「セイッ！」と声を上げて、砂利を入れた重たい袋を担ぎ上げたのだった。

＊＊＊

政略結婚した妻の顔を見なくなって、一ヶ月が経った。

そのことに、ほんの少しだけ苛立ちを覚えている自分に、クライヴはため息をついた。

「……クソ」

あのおかしな初夜の後、アイリーンの盛大な悲鳴で目を覚ますことになったクライヴは、正直に言えば少々むかついた。なにしろ至近距離であの悲鳴で叩き起こされたのだ。寝起きが悪い方ではないが、あまり良い目覚めとは言えないだろう。

だが慌てる彼女の表情を見て、すぐに溜飲が下がった。

アイリーンの顔は熟《う》れたリンゴのように真っ赤だったし、目は涙で潤んでいた。そしてその視線は自分の裸の体に釘付けだったからだ。

クライヴは眠る時には何も身につけない。もちろん戦場では、夜襲に備えて戦闘服を着たまま眠るのだが、その反動なのかもしれない。戦場にいない時は、全裸で眠らなければ休んだ気にならないのだ。

さすがに初夜の時は、全裸はまずいと思ったから、脱いだのは上半身だけだったが。

（……不安などカケラも感じないだとか、床で寝るだとか……こちらを振り回すようなことばかり口にするから、一風変わった……、というか、肝の据わった娘なのだと思っていたが……）

男の上半身の裸を見ただけで、顔を真っ赤にして泣きそうになっているのを見ると、普通の娘なのだと思えた。

（可愛いものだな）

と笑いながら、半泣きの彼女に「これは失礼した」と謝って夜着を羽織ったが、上半身が隠れた後も彼女はベッドの上で両膝を抱えてブツブツと呟いていた。「目が潰れる」だの「こんな……神罰が下るのでは……？」などと聞こえてきたから、もしかしたら信心深い娘なのかもしれない。

（ともあれ、突飛な言動が多いから心配していたが、これならいくらか御《ぎょ》し易いのかもしれない）

何度も繰り返すが、アイリーンは敵の諜報員《スパイ》だ。

つまりその諜報活動に対応するためには、彼女の行動がある程度予想できる方がありがたい。やって来てからずっと、こちらの予想を裏切るような言動ばかりの彼女だったから、この先どうなることかと憂慮《ゆうりょ》していたのだ。

だが安堵した矢先に、その考えは覆された。

新妻であるアイリーンが、初夜の翌日からほとんど城にいないからである。

ではどこにいるのかといえば、なんと領地の北西の集落で、領民と共に農作業に勤しんでいるというのだ。

同行したマーカスから報告を受けた時には、何の冗談を言っているのかと驚いたが、マーカスも『この目で見た私も信じられませんでしたからお気持ちは分かりますが、事実です』とやや呆然とした顔で言っていた。

なんでも、モンマルヴァという植物の栽培を試みているらしい。

モンマルヴァは最近王都で流行っている香辛料だ。クライヴも食べたことがあるが、独特の辛味と香りがあって、肉や魚に合わせるとなかなか美味い。だが王都に住んでいたクライヴですら数回食べたことがある程度で、この国ではまだまだ珍しい作物だ。

アイリーンが言うには、モンマルヴァは育てにくい植物だが、清流があり、水捌けの良い土地があれば栽培可能なのだとか。

確かにあの辺りの森の背後には山脈が聳《そび》えており、そこに降り積もった雪の雪解け水が花崗岩《かこう》を含む地層によって濾過《ろか》されて川となるため、その水はとても清らかだ。

彼女の言うことが本当ならば、モンマルヴァ栽培に適した土地なのだろう。

（林業と牧羊くらいしかできないと思っていたのだが……なるほど、香辛料か。この領地で産業を興すべきだと俺も考えていたが……モンマルヴァ栽培とはな……）

だがまだ珍しい植物の栽培方法など、どうして彼女が知っていたのだろうか。

これもボーフォート伯爵の入れ知恵で、何かを企んでいるのだろうか。

「詳しく調べてみる必要があるな。……まずは、彼女の動きを監視してみるか」

＊＊＊

「まあっ！　殿下！　どうしてこのような場所に!?」

今日も今日とて、早朝からモンマルヴァ畑作りに勤しんでいたアイリーンは、畑に到着するや否や、自分を追うように現れたクライヴに目を丸くした。城にいるはずの彼がなぜこんな場所にいるのだろうか。

だがクライヴの方も、目を丸くして絶句している。まじまじと見つめているのは、アイリーンの持つ大きなシャベルである。

何をそんなに驚いているのだろう、と首を捻っていると、クライヴは呻《うめ》くような声で言った。

「……本当に、農作業をしているんだな……」

「え？」

「いや、こっちの話だ。君が領民と畑を作っているとマーカスに聞いた。領主として、様子を見に来たのだ」

「まあ、そうなのですね！　さすがはクライヴ殿下です……！」

領地のことを家令に任せっきりにして顧みない領主もいる中で、領民に関心を向けてくれるクライヴは、やはり領主としても素晴らしい人だ。

両手を組んで感動するアイリーンに、クライヴは少し気まずそうな顔になった。

「いや、さすがでもなんでもないが……」

そこに領民の一人がやって来て、アイリーンと一緒にいるクライヴを見て声をかけてきた。いつも手伝ってくれる村長の次男のダレンだ。大柄で力持ちなので、大変助かっている。

「おっ！　奥様、おはようございます。今日はお供付きですか？」

その声にクライヴが振り返ると、ダレンはギョッとなって慌てて帽子を取り、ガバッと頭を下げた。

「うわっ、ご領主様…!?　も、申し訳ございません……！」

「いや、気にするな。……妻が世話になっているようだ」

クライヴから自然に『妻』という言葉が出てきて、アイリーンは思わず顔が赤くなってしまった。まさか妻と呼んでもらえるとは思っていなかったので、思いがけないご褒美（？）に顔がつい緩んでしまう。

（ば、ばか……！　領民の前だから、そう言わざるを得なかっただけよ……！）

心の中で自戒しつつ、表向きとはいえ、敵を妻と言ってくれるクライヴの心の広さを尊敬する。

「い、いえいえ、お世話になっているのは俺らの方でして……。奥様の指示が的確なんで、みんなやりやすいって言ってます！　奥様、人を使うのが上手いんで！　あのジョシュア爺《じい》さんですら、奥様にはメロメロですもん！」

「ジョシュア爺さん？　メロメロ……？」

ご領主様と話せたことが嬉しかったのだろう。ダレンが嬉しそうにペラペラとお喋りを始めてしまい、アイリーンは少しハラハラする。ダレンは良い人なのだが、どうにも調子に乗りやすいところがあるのだ。

「この村一番の偏屈な爺さんです。よそ者が嫌いで、知らない人間を見ればいきなり怒鳴り散らして威嚇《いかく》するような人なんですよ」

「それは……野生動物のようだな……」

クライヴが神妙な顔で述べた感想に、ダレンがブホッと噴き出した。

「うはは！　確かに！　でも奥様は、怒鳴られても全然めげねえで、ニコニコしながら話しかけ続けるもんだから、野生動物の方が根負けしちまって！　今じゃ奥様におだてられて、〝ったく、しゃーねえなァ〟ってブツブツ言いながら水路作りを手伝いに来てるんですよ！　みんなびっくり！　ほーんと、奥様すげえっすよ！」

ダレンがまるで自慢するように言って、アイリーンの肩をポンポンと叩いてきたので、アイリーンもダレンの背中をペシンと叩いた。

「お世辞を言ったたって何も出ませんよ！　ほら、今日もいっぱいこき使っちゃいますから、覚悟してくださいね！」

「ひゃ〜、おっかねえ〜」

軽口を叩き合った後、ダレンが「じゃあ、後で」と言って立ち去っていった。

その大きな後ろ姿を見送っていると、視線を感じてそちらを見る。するとクライヴが恐ろしいほどの真顔でこちらを見つめていた。

「どうかなさいましたか？」

「……いや、ずいぶんと、領民と打ち解けているんだなと思って……」

「ああ！　ありがたいことに、皆さんに親切にしていただいております！」

パッと顔を輝かせたアイリーンに、クライヴはまだ真顔を崩さない。

「少し気安すぎるのではないか？」

「え……」

「君は俺の――いや、領主の妻だ。あの青年はもう少し君に敬意を払うべきだ」

クライヴの口からそんなセリフが出てくるとは思っていなかったアイリーンは、驚いてオロオロしてしまった。

「あ、あの！　このままが良いのです！　ようやくここまで気安くなってもらったのですから！　皆に距離を取られてしまうと、作業が上手く回らなくなってしまいかねません！」

「――どういうことだ」

クライヴが怪訝な表情になる。

「最初の頃は、やっぱり警戒されて誰にも相手にしてもらえなかったんです」

「だが君は領主の妻だぞ？」

「そうですが……でも、ポッと出の人間を、領主の妻だからというだけで、そう簡単に信用はしてもらえません。平民でも……特に田舎は閉鎖的ですし、寒村となれば貴族への反発心も強いですから……。あっ、国の英雄でいらっしゃる殿下には、皆憧れと尊敬を抱いているみたいなので大丈夫ですよ！　皆、殿下のことが大好きです！　ただ、私はまだ嫁いで間もないこともありましたし、相手にされなくても仕方なかったんです」

懸命に説明すると、クライヴは黙ったまま聞いてくれた。それにホッとしながら、アイリーンは言葉を続ける。

「畑作りに通う内に、皆さん、少しずつ心を開いてくれました。特にダレンさんは、最初に〝手を貸しましょうか〟って言ってくれた人で、それを皮切りにいろんな方が手伝ってくれるようになったんです。だから、彼にはとっても感謝しています」

最初の頃の苦労を思い出しながらしみじみと語ると、クライヴは渋い顔で言った。

「最初は君一人で畑作りをしていたのか？」

「はい。皆さんは他にいつものお仕事がありますし、お手を煩《わずら》わせるわけにはいきませんから」

「だが農作業は重労働だろう。まして一から畑を作るなど……」

「まあ、慣れてますから！」

「慣れて……？」

アイリーンの言葉を繰り返すクライヴは、外国の言語を聞いた時のような表情をしている。

「それに、女でも重労働はできますよ。この村の女の人も農作業をなさってますし」

「いや、それはそうだが、君は貴族の令嬢だろう？」

「……」

指摘されて、アイリーンは一瞬『しまった』と思った。確かに貴族の令嬢が農作業などしないだろう。

（……でも、私が貴族じゃないって、クライヴ様にバレたところで別に問題ないわよね）

ボーフォート伯爵家では『バレないように』と厳しく言われたが、それを守ってやる義理はアイリーンにはないのである。

（そもそも、私はクライヴ様に嘘をつきたくない。それに、敵の娘である私の言うことを、クライヴ様が信じてくださるとも思っていないし……）

ならば好きなように発言すれば良いのでは？　と結論づけたアイリーンは、にっこりと微笑んでクライヴを見上げた。

「貴族といっても、付け焼き刃の貴族ですし！」

「付け焼き刃の貴族!?」

何を言っているのだお前は、というクライヴの顔に苦笑した。

（……まあ、信じてはもらえないわよね）

敵の娘の言うことなど、信じてもらえなくて当然だ。

「貴族だからといって農作業ができないわけはないですし。貴族も平民も同じ人間ですから！」

「……なるほど。ならば俺も手伝おう」

「え……？」

言いながら上着を脱ぎ、シャツの腕捲りを始めたクライヴに、アイリーンは慌ててしまった。まさか農作業を手伝う気だろうか。

「ま、待ってください、そんな！　殿下にそのようなことをしていただくわけには……！」

焦って止めようとしたが、クライヴは片方の眉を上げて言った。

「貴族だから農作業ができないわけはないんだろう？　まあ俺は王族だが、王族だって農作業はできるからな」

今し方の自分の発言を逆手に取られて、アイリーンは口をパクパクとさせる。

「そ、そんなつもりで言ったわけでは……！」

「そもそも、この領地の領主は俺だ。領民と共に汗を流すのも俺であるべきだった。君にやらせてしまっていたことを謝罪させてくれ」

「そんな！　とんでもありません！　私が勝手にやってしまっただけです。私の方こそ、謝らなくてはならないのに……！」

なぜかクライヴから謝罪される流れに、アイリーンは弱り切ってしまった。

するとクライヴはアイリーンの肩にそっと手を置くと、ゆっくりと首を振る。

「君は領民のためになることをしてくれただけだ。謝る必要などカケラもない。領主として礼を言う」

「殿下……」

敬愛する人に労《ねぎら》われ、アイリーンの目頭が熱くなった。

モンマルヴァ作りは、クライヴのためになればと思って頑張ってきたことだ。もちろん、この領地の人々に喜んでもらえればとも思っているが、毎日の辛い農作業をこなせた原動力は、やはりクライヴだった。彼のために自分にできることをやっているのだという充実感が、アイリーンを動かしていた。

その本人から労われ、感動しない方がおかしい。

うるうると目が潤むのを瞬きで散らしていると、クライヴはボソリと付け足した。

「それに、放っておくと虫が集《たか》ることも分かったしな」

「……？　虫、ですか？」

確かに農作業に虫は付き物だ。土を触るのだから仕方ないことだが、クライヴは虫が苦手なのだろうか。

首を傾げるアイリーンに、クライヴは小さく咳払いをした。

「いや、なんでもない。……さあ、農作業をするぞ。俺は不慣れだから、君が教えてくれると助かる」

「は、はい……！」

アイリーンの始めたモンマルヴァ畑作りにクライヴも加わったことで、村民の意欲が格段に向上した。なにしろ、ゲインズボロの領地の中でも中心地から離れた寒村に、雲の上のお方だった領主夫妻がやって来て、村民たちと力を合わせて農作業に勤しんでくれるのだ。士気が上がらないわけがない。

畑作りは大きなイベントのような盛り上がりを見せ、その一週間後、ついに完成を迎えた。

＊＊＊

その夜は、クライヴが準備した食料を使ってたくさんのご馳走や酒を並べ、集落の広場を使って宴になった。中央には羊を焼くための火が焚《た》かれ、それを囲んで村民たちが楽しそうに呑み食いし、騒いでいる。

牧歌的でありながら、活気のあるその様子を眺めながら、クライヴは大麦の発泡酒であるエールを口に含んだ。座るのは、急拵《きゅうごしら》えなので丸太を並べただけの粗末なものではあるが、皆を眺められる上座の席である。その隣には、領主の妻であるアイリーンが座った。

「申し訳ございません。私のような者が殿下の隣に座るなど……！」

当たり前の席次なのにしきりと恐縮するアイリーンに、クライヴはやれやれとため息をついた。

「……君は俺の妻なんだから、当然だろう。隣に座るくらいで騒いでいては、民が変に思う。堂々としていなさい」

「は、はいっ……！」

(返事だけはいいんだけどな……)

クライヴは苦笑しながらエールを呷る。

結婚して早一月が経過したというのに、アイリーンは未だ他人行儀――というより、『僕《しもべ》』としての遜《へりくだ》った態度を崩さない。それは実に徹底されていて、自分は妻を迎え入れたのであって、従僕を一人増やしたわけではないのだが……と思ってしまうほどだ。

自分より領民たちへの態度の方がよほど親しげなのが、なんとも複雑な心境にさせてくる。特にあのダレンに対しては、信頼しているのが見て分かるくらいに親しげなので、見かける度にモヤモヤしたものだ。一人で孤独に農作業していた時、最初に手を貸してくれた者らしいので、信頼するのも仕方ないが。

(本来ならば、夫である俺が彼女の力になってやるべきだったのだから……)

そう思ったところで、クライヴはイヤイヤと心の中でそれを否定した。

（……いや、政略結婚の相手だ。他人行儀なくらいがちょうど良いはずだろう）

自分で自分を戒めると、クライヴは再びエールを呷った。

するとアイリーンが心配そうに眉を寄せ、テーブルの上に置かれていた肉の皿を引き寄せて、クライヴの前に移動させる。

「……？　食べろということか？」

彼女は普段、クライヴに対して能動的に行動をしない。話しかけなければ喋ろうとしないし、呼ばなければ傍にも寄らない。かといってクライヴに興味がないわけではないようで、声すら届かない離れた距離からじっと見つめられていることもある。

言葉にすれば少々不気味ではあるが、クライヴは懐かない野良猫のようだなと思っていた。人間に興味があるくせに、怖くて近寄れないのだ。

（……まあ、この娘は〝怖いから俺に近づけない〟わけではなさそうだが……）

これまでの行動力のありすぎる様子からして、怖いものがあまりなさそうなタイプだ。

ともあれ、そんな彼女が自分からクライヴに行動を示したのは大変珍しい。

『よもや毒でも仕込んだのだろうか』という疑いもチラリと脳裏をよぎりつつ、不思議に思ってアイリーンを見れば、彼女は真剣な顔をしてこちらを見上げた。

「……僭越《せんえつ》ながら申し上げます」

「あ、ああ……」

仰々《ぎょうぎょう》しい前置きに、何を言われるのかと顎を引いた。

「クライヴ殿下はあまりお酒には強くない体質でいらっしゃると拝察《はいさつ》します。エールだけをお呑みになるのではなく、肉やチーズといった蛋白質《たんぱく》を一緒にお摂《と》りになると体への負担が軽減いたします。酒精《エタノール》を分解する物質は蛋白質から作られますし、二日酔いの原因となる果酒精《アセトアルデヒド》という物質の生成を抑えるからです」

「エ、エタノール……アセトアルデ……？」

専門用語のようなものが飛び出してきて、面食らいながら鸚鵡《おうむ》返しをすると、アイリーンは「はい」と頷いた。

「お酒の中の人を酔わせる成分だけを抽出したものを酒精、そして果酒精はそれが肝の臓で分解されて生じる成分で、我々はそう呼びます。果酒精は、果物などにも多く含有されている物質です」

「我々……？」

それは彼女と誰のことを言っているのだろうか。

（ボーフォート伯爵か……？　いや、伯爵にこんな学術的な知識があるとは聞いたことがない……）

アイリーンが話す内容は、明らかに専門的な学術用語だ。もしあの見栄っ張りな伯爵がこんな専門知識を有しているならば、それを声高に吹聴せずにはいられないはずだ。

クライヴが訝しんでいると、アイリーンは「あっ」と小さく呟いて口元に手を当てたが、すぐに「まぁいいか」といったように肩を竦めた。

「薬師や調香師といった者たちのことです。私は薬や香水を作る工房で働いておりましたので……」

「――はぁ!?」

とんでもないことを言われて、クライヴは仰天して大声を出してしまった。

「は、働いていた? 君が? 君は伯爵令嬢だろう」

この国では貴族は労働をしない。貴族とは無償で社会に貢献する者であり、労働の対価として報酬を受け取ってはならないからだ。

無論それは建前というやつで、実際には領地や資産から生み出されるいわゆる不労所得を得て生きているだけで、働かなくても良いというだけである。

とはいえ国の政治に参加したり、クライヴのように戦争で戦ったりするので、『働いていない』というのは少々語弊があるかもしれないが、一応それらは『社会貢献』であり『無償』なのだ。

なんにせよ、この国で貴族の令嬢が働くなど、蛮行にも等しいとされる行為である。社交界では、間違いなく爪弾きにされるだろう。

だがアイリーンはケロリとした表情で、またとんでもないことを言った。

「伯爵令嬢になったのは、最近のことですから」

「最近伯爵令嬢になった？」

再び素《す》っ頓狂《とんきょう》な声が出てしまう。

何をどうしたらそんな現象が起きるんだ。

喫驚《きっきょう》し続けるクライヴに対して、アイリーンは淡々とした様子で説明してくれる。

「私は、伯爵の婚外子なのです。母は伯爵家の元メイドで、伯爵に手籠めにされて、妊娠したので解雇されて追い出されたそうです」

サラリと説明されたが、内容は全然サラリとしていない。他人事とはいえ、男の風上にも置けない伯爵の行為に、クライヴの額に青筋が立った。

「……なんてことだ、あのクソジジイ……！」

思わず口汚い罵倒が漏れたが、それを訂正する気にはなれなかった。

傲慢で鼻持ちならない男だとは思っていたが、女性に無体を働いた挙句、孕ませて捨てるなどと、人間の所業とは思えない。

クライヴの唸り声に、アイリーンは少し嬉しそうに目を細めたが、すぐに真顔になって話を続けた。

「母はハルベリにあるマンスフィールド修道院で保護してもらい、そこで私を産みました」

「マンスフィールド修道院？」

聞き覚えのある名前に、クライヴはハッとなる。

「それは確か〝トマール風邪〟の特効薬を開発した修道院だろう？」

王国全土で猛威を振るい多くの犠牲者を出した〝トマール風邪〟に、このまま国が滅ぼされるのではないかと危惧したほどだったが、それを食い止めてくれたのが特効薬だった。まさに絶望の中に、ようやく見出された一筋の光のようだと思ったものだ。

だがそれを開発したのが片田舎の修道院だったことが、国政を担う王都の貴族たちに『本当に効果があるのか』という疑念を抱かせた。

当初の王都の施薬院でも不可能だった特効薬の開発に、無名の田舎の修道院が成功したなど眉唾物《まゆつば》だと言われ、せっかく届いた特効薬は見向きもされずに廃棄されそうになっていたという。

しかしその一方で、女性たちの間では『マンスフィールド修道院』は名が知れていた。というのも、マンスフィールド修道院が作っている香水や化粧水、石鹸といった品々が、貴婦人や令嬢たちの間で人気を博していたからである。

中でもその熱心なファンであったのが、国王の姉であり社交界の重鎮であるベアトリス王女だった。

彼女は若い頃にハワード公爵家に嫁いだが、未だに王女の称号を維持している。乗馬の名手であり、大変気丈で豪胆な性格の王女には、弟である国王も頭が上がらないという噂もある。すなわち、彼女の発言には威力があるのだ。

そのベアトリス王女が、『マンスフィールド修道院の品ならば間違いはない』と後押ししたことで、その特効薬は日の目を見たそうだ。

王女の進言は正しく、特効薬のおかげで〝トマール風邪〟の流行は終息へと向かっている。マンスフィールド修道院はその名を広く知らしめることとなり、修道院長アントニアはその功績を認められ、シタン教の首長である国王から『大修道院長』の称号を与えられた。長いシタン教の歴史の中でも、この称号を持つ者は彼女ただ一人である。

おそらくこの国で一番有名な修道院となったであろう、その『マンスフィールド修道院』の名前が飛び出してきたので、クライヴは驚いてしまったが、アイリーンは当たり前のように「はい」と首肯した。

「私はついこの間まで、マンスフィールド修道院の工房で働かせていただいておりました。……母も、修道院の孤児院の方で働いていたのですが、〝トマール風邪〟に罹患し、亡くなりましたので……」

「それは、気の毒に……」

母を亡くしたと言うアイリーンの瞳が翳《かげ》ったのを見て、クライヴの胸がギュッと痛んだ。

自分も幼い頃に母を亡くしているため、その喪失感は痛いほどに分かる。

クライヴの言葉に、アイリーンはフッと笑みを浮かべて首を横に振った。

「ありがとうございます。ですが、もう一年も前のことになりますし」

「……そうか。いや、待ってくれ。ご母堂のことは……その、申し訳ないが今はおいておこう。修道院で働いていた君が、どうして伯爵家の娘になることになったんだ？」

「母が亡くなってしばらく経った頃、ボーフォート伯爵の息子がやって来たのです」

フレドリックか、とクライヴは頭の中でその顔を思い浮かべる。

父伯ほど傲慢ではないが、胡散臭い笑みが信用できない男である。

「なんでも、政略結婚をさせる予定だった妹が、他の男性とメイシャーズ婚をしてしまったとかで、代わりの娘が必要になったと言って……。断ったのですが、〝修道院に言いがかりをつけて迷惑をかけてやる〟と脅されまして……」

これまたサラリとした口調で言っているが、なかなかにえげつない内容で、クライヴは頭を抱えたくなった。

「……はあ、なるほど。君がその身代わりにさせられたと……」

アイリーンの言っていることが本当なら、彼女は単にボーフォート伯爵に巻き込まれただけの被害者である。

（……本当なら、だがな……）

彼女が敵方の諜報員《スパイ》をしている可能性は排除できない。これも同情を誘って油断させようという作り話かもしれない。

　全てを信じるような愚かな真似はしないが、だが作り話にしても興味深いと思い、クライヴは話の先を促した。

「それで君は伯爵令嬢になり、俺のところへ嫁いできたというわけか。それは災難だったな」

　こちらとしても望んだ結婚ではないが、と心の中で付け加えながら、自虐を込めて言うと、アイリーンがバッと勢い良くこちらに向き直った。その表情は真剣で、必死に何かを訴える気迫のようなものが感じられた。

「災難だなんて！　とんでもありません！　これは僥倖《ぎょうこう》……いいえ、運命でした！　これでようやく恩返しができると……！」

「恩返し……？」

　誰に恩返しするのか、と気になりつつ、まるで神の啓示を聞く聖人のような顔をして喋るアイリーンに気圧されていると、「呑んでいらっしゃいますか、領主様！」と大きな声がして、クライヴのカップにドボドボとエールが注がれる。

　酔っ払った領民の一人が、ニコニコしながら話しかけてきたのだ。

「あ、ああ……呑ませてもらっているよ」

「どんどん呑んでくだせえ！　今日は畑が完成したお祝いなんですから！　あっ、奥方様も呑んでますか？」

「あ、私はあまり呑めないので……。ですが、味見はさせていただきましたよ！　美味しいエールですね！」

「奥方様、あんたァ、一番の功労者なんだ！　貴族のご婦人なんて、きれいなおべべを着て遊んでるだけかと思ってたが、なかなかやるじゃないか！　川ん中で、でっけえ岩をずぶ濡れで転がしてんの見た時にゃ、俺ァ目を疑ったね！　その後すぐにすっ転んで流されて行ったから、慌ててロープを投げて上手く掴んでくれたんで事なきを得たけど、あんた下手したら死んでたぞ〜？」

「あはは……あれは私も、もうダメかと思いました！　あのロープのおかげで命拾いしましたよ。ありがとうございました！」

「いや待て！　君、そんな危険なことをしていたのか！」

黙って聞いていたクライヴは、顔色が蒼白になってしまった。

あんな流れの速い川の中で岩を転がすなんて、とんでもない愚行である。川というものは、見た目よりも深かったり、場所によって流れの速さがかなり変わるので、慣れない者が歩いたり泳いだりするだけでも溺れて死んでしまったりする。そんな危険な場所で重い岩を転がすなど、正気の沙汰《さた》ではない。

ましてや、川で転んで流されたなんて、領民の言う通り、溺死してもおかしくない事態だったのだ。助かったのが奇跡のようなものだ。

だがアイリーンはへらりと笑って言った。

「大丈夫です！　私は殿下にご恩を返すまでは、絶対に死にませんから！」

イヤ、ご恩ってなんだ。アイリーンに恩を売った覚えなどない。

だがそんなことよりも――。

「全然大丈夫じゃない！　なんて無謀なことをしているんだ！　信じられない！」

彼女が川で溺れている姿を想像して、クライヴは胃の底が抜けるような心地になった。

冗談じゃない。死なれてなるものか――咄嗟《とっさ》に感じた切羽詰まった感情に、内心首を傾げる。

（……俺は何をそんなに焦っているんだ？）

アイリーンは敵方の人間だ。彼女が何をしようと、どうなろうと、どうでも良いはずではないのか。

そんな疑問が湧いたが、すぐにそれを棄却《ききゃく》した。

（――イヤ、これは人としての当たり前の感情だ！）

人は、自ら危険に飛び込もうとする子どもが目の前にいたら、止めるものだ。

考えてみれば、アイリーンの言動は突拍子がないものが多くて、子どものそれとよく似ている。だからこれは大人が子どもを守ろうとするのと同じ、ごく自然な感情なのだ。

「君はこれ以降、俺の許可なく農作業をしてはならない！　何かする時は、必ず俺に伝えなさい！」

「えええええ!?」

クライヴの命令に、アイリーンはギョッとしたように目を瞬いた。

「そ、そんな……ですが、殿下のお時間を取ることになってしまいますし……」

「構わない。いいから言う通りにするんだ。分かったな？」

「えええ……」

「ハハハハ！　ご領主様たちが夫婦喧嘩始めたぞー！」

二人のやり取りに、領民たちが面白がって囃し立て始める。

皆酔っ払っているので無礼講《ぶれいこう》である。

真っ赤な顔をした男たちの相手をしながら、チラリとアイリーンの方を見れば、彼女も女性たちと楽しそうにお喋りをしていた。その様子はごく自然で、彼女が平民の中に溶け込んでいるのが見て取れる。

(……平民だったというのは、本当なのかもしれないな……)

マンスフィールド修道院に、事の真偽を訊ねる手紙を出してみようと思いながら、クライヴはまた満杯になったエールのカップを呷った。

(ここは、こんなに活気がある集落だったのだな……)

宴も酣《たけなわ》、酒を呑み、歌い踊る者たちまで出始めた。老若男女、総出でモンマルヴァ畑の完成を祝う姿は、実に楽しそうで生命力に溢れている。

（……領民たちは期待に胸を踊らせているのだろう）

アイリーンの計画通り、モンマルヴァの栽培に成功すれば、この土地の特産物となり大きな収入源となるだろう。痩せた土地でなんとか栽培できるものを育てて食べるという自給自足のギリギリの生活から、余裕のある暮らしができるかもしれない……その期待が、人々を活気づけているのだ。

希望を抱くことができて、笑い合い、手を取り合って一生懸命生きる人々の、なんと輝かしく美しいことか。

これこそが、人のあるべき姿だとクライヴは思う。

ずっとこういう生き方をしたいと切望してきた。騙し合い、蹴落とし合って、目的のためなら邪魔な人間を抹殺することすら厭わないような世界に、なんの幸福があるのか。

クライヴはずっと、生きるために他者から奪い殺すのではなく、生きるために譲り合い助け合う、そんな生き方をしたかった。

今ようやく、その生き方ができるのだと喜びが込み上げると同時に、酷く不安にもなった。

——自分は、こんな輝かしい場所にいて良いのだろうか。

この美しい場所に、善良で正しい人々ばかりの所に、自分のような罪深い人間が立っていいのだろうか。

この手は、血に汚れている。

シタン教の教義の則《のっと》り、首長である国王のために戦う——聞こえはいいが、聖騎士とは要するに国王の敵を殺す職業だ。時にはなんの罪もないと分かっている人間も数えきれないほど殺めてきた。それが命令だったからだ。

聖騎士になる前もそうだ。

クライヴは生まれてから常にローレンスの母から命を狙われてきた。

クライヴを守るために、まずは乳母が殺され、そして乳兄弟が身代わりになって死んだ。飼っていた犬は、クライヴが食べるはずだった焼き菓子を食べて頓死《とんし》した。

母が死んだのは落馬による事故でだったが、あれもローレンスの母による暗殺だったのだろう。なぜなら、母が乗った馬に乗るのは、本来ならばクライヴだったからだ。あの日は毎年恒例の父王主催の狐《きつね》狩りの日で、馬に乗る直前になって、母がクライヴの馬と自分の馬を交換したのだ。

それまでに幾度となくあった息子の暗殺未遂事件に、母は行動の全てに慎重を期すようになっていた。直前で乗り物を変更することも珍しくない行為だった。

その慎重さが功を奏したと言えばいいのだろうか。

母を乗せた馬は、森の中でスズメバチに襲われて暴れ出した。母は竿立《さお》ちになった馬から放り出され、首の骨を折って即死した。事故かと思われたが、調査の結果、馬の鞍《くら》の裏側にスズメバチの好む樹液がたっぷりと塗り込まれていたらしい。

母も、乳母も、乳兄弟も、愛犬も、親しいものは皆、クライヴの代わりに殺されてしまった。

（――俺が殺したようなものだ）

自分が死ねば、彼らは死ななかった。自分の命など守らなければ良かったのに。

それは、クライヴの中でずっと燻り続けている自分自身への怒りだ。

自分には、彼らの命に値するような価値などないのに。

それなのに、彼らの死を背負ってしまった以上、生き延びなくてはならない気がして、更に放たれる王妃の刺客を返り討ちにしていった。

自分が死ねば、彼らの死が無駄になってしまう。それだけはしてはならないのだと。

（……そんなのは、ただの建前だ。俺は死にたくなかった。だから殺した。それだけだ）

死にたくない――ごく単純で、だからこそこれ以上はないほど傲慢な願望で、クライヴは人を殺し続けてきたのだ。

（俺は傲慢で、愚かで、ひどく汚れた人間だ）

そんな自分が厭わしかった。変えたかった。

他者を大切にできる、賢く、美しい人間になりたかった。

（……だが、この手についた血が拭われることはない）

クライヴが多くの人を殺めた事実は変わらない。死んだ人は生き返らない。罪は変わらないのだ。

これほど罪深い自分が、どうして美しい人間になれると思ったのか。

（なれるわけがないのに……）

半ば呆然とそう思った瞬間、名前を呼ばれてハッとなった。

「クライヴ殿下」

呼んだのは、アイリーンだった。いつの間にか、すぐ傍に来ていたようだ。

こちらを心配そうに覗き込むハシバミ色の目に、自分の呆然とした間抜け面が映っている。

「——、なんだ？」

「あ……いいえ、なんだかぼうっとしておいでしたので、酔いが回られたのでは、と……」

どうやら酔って具合が悪くなったのではと心配してくれていたようだ。

「大丈夫だ。それほど酔っていない」

「……そうですか。ですが、ご気分が優れないのでは……？」

大丈夫だと言ったのに、なおも心配そうに訊ねられて、クライヴは苦笑が漏れる。

アイリーンは実によく自分のことを見ている。クライヴは感情があまり顔に出るタイプではない。第一王子派の連中には、『鉄面皮』だとか『仏頂面』だとかいう二つ名で密かに呼ばれているほどだ。

心の中で憂鬱な自己分析をしていたからといって、それが顔に出ることはないだろう。

それなのに、アイリーンは気がついた。

（諜報員《スパイ》として、俺を注意深く観察しているからなのか。それとも彼女が異様に察しが良いからなのか……）

「なぜそう思った？」

なんとなく興味深くて、クライヴは訊いてみる。

するとアイリーンは至極当然のように答えた。

「……悲しそうな目をしておられたので」

「悲しそうな目……」

そんな目をしていただろうか、と思わず片手で自分の目の周りを擦ってしまった。気分を察せられて、なんとなく気恥ずかしいと思うのはなぜなのだろう。

気まずく黙り込んでいると、アイリーンが「あのっ……！」と両手を拳にしてこちらを見上げて言った。

「領民の皆さんは、クライヴ殿下のことが大好きです！」

「え……」

「領主に就任されてこちらに来られてすぐ、領地の視察に回っておられたと聞きました。民の暮らしを実際に見て確かめて、安全に暮らせるように気を配ってくださっているって。そしてもっと豊かになるにはどうしたらいいか、考えてくださっているとも！　皆、殿下は、民のことを考えて守ってくださる、素晴らしい領主様だって言っています。ここに英雄殿下が来てくれて、本当に幸運だったって！」

急に褒められ始めて、クライヴは面食らいながらも「そ、そうか……」と顎を撫でる。子どものような物言いだが、褒められて悪い気はしなかった。

（……変だな。俺は褒められるのがあまり好きではなかったんだが……）

王都では、本音と建前は別のものだという前提で会話をしなくてはならなかった。たとえ褒められたとしても、腹の底では全く逆のことを考えているだろう相手ばかりだったからだ。

（いや、待て。アイリーンとてそうではないのか？）

自問するが、どうしてか彼女の言葉に裏があるようには見えなかった。

まっすぐにこちらを見つめてくるハシバミ色の瞳には、媚びも諂《へつら》いも感じない。そこにあるのは、クライヴをただ励まそうとする、子どものような好意の色だけだ。

自分がそう信じたいだけなのだろうか。

（俺は……アイリーンを信じたいのか？）

敵方の娘を信じたいなど、どうかしている。

心の中で自嘲《じちょう》しながら、クライヴはため息をついた。

「……英雄殿下、か。英雄などではない。俺はただの人殺しだ。英雄どころか、大罪人だよ」

ついうっかり皮肉げなセリフが口から転がり出たのは、あまりに褒められた反動だろうか。それとも、アイリーンの腹の底を探ろうとして、だったのか。

自分で自分の気持ちを量りかねながらも、アイリーンの様子を観察すると、彼女はハッキリと息を呑んでいた。オロオロとした表情でこちらを見つめ、何かを言おうと口をパクパクとさせたが、何を言えば良いのか分からないといったように、やがて口を噤んだ。

どうしてか、しょんぼりと肩を下げる様子がなんとも悲しげだ。

（……ん？　あれ？　泣いてないか、この子……）

よく見れば、大きな目には涙が溜まっていて、細い肩がプルプルと震えている。

「お、おい。なぜ泣くんだ……」

彼女がなぜ泣いているのかさっぱり分からず、今度はクライヴの方がオロオロとしてしまった。

アイリーンの涙はもう目の中に留まらず、ポロポロと溢れ出している。

その涙がキラキラと宝石のように煌《きら》めきながら落ちていくのを、クライヴは混乱した頭の裏側で「きれいだな」などと思った。

アイリーンはうるうるとした大きな瞳で、キッとこちらを睨みつけてくる。

「クライヴ殿下は罪人なんかじゃありません！」

あまりにキッパリと言い切られ、クライヴは少しおかしくなった。

何を根拠に、この娘はそんなことを言うのだろう。

ふ、と笑いを噛み殺しつつ、少し意地悪な気持ちで言い返す。

「……君に何が分かる」

「分かります！　クライヴ殿下は、優しい方です！」

「分かるわけがない。君は俺を知らない。まだ結婚して半年にもならないし、同じ城で暮らしているのに、会うことすら稀《まれ》だ。知りようがないだろう」

結婚して二月《ふたつき》の間、彼女が城にほとんどおらず、ヤキモキさせられたことを思い出しながら、つい文句を言ってしまった。我ながらよく言ったものである。結婚前には、形だけの結婚だから、お互いに関わらなければいいと思っていた人間のセリフではない。

「いいえ！　知っています！」

意地悪を言ったのに、アイリーンはなおもキッパリと言い切った。

「人殺しだなんてご自分を責めるような言い方をされること自体が、優しいのです！　殿下が人を殺したとして、それは陛下からの命令で、仕事だったから実行なさっただけ……つまりは、陛下の代わりに行ったに過ぎません！」

「それは詭弁《きべん》だ、アイリーン。俺が人を殺した事実は変わらない」

「ええ、その通りです。クライヴ殿下は、聖騎士として命じられたことを為《な》した。殿下の望みからではなく、それが仕事だからなさったのです。そうでしょう？」

「それはそうだが……」

だがそれが罪人でないことに、どう繋がるのだろうか。

少し困惑して首を傾げると、アイリーンはまた涙をポロポロとこぼしながら言葉を続けた。

「罪とはなんだと思いますか、殿下」

「――罪とは何か、だと？」

唐突な問いに、思わず眉根が寄った。ずいぶん哲学的な話になってきた。

「罪とは……人が行ってはいけない行為、だろう。あるいは、神に罰せられるような行為のことだ」

考えながら答えれば、アイリーンは涙の滲む目をフッと細める。

「神などいませんん、殿下」

意表を突く発言に、クライヴは息を呑んだ。

とんでもないことを言い出したアイリーンをまじまじと見つめる。

国王自らシタン教の首長としてそれを国教に掲げ、異教徒たちと宗教戦争を繰り返してきた歴史のあるこのバーガンディ王国で、そういう発言をするのは大変危険だ。

（下手をすれば投獄されかねないというのに……）

クライヴが熱心な信徒であったならば……あるいはこれが公の場であったなら、シタン教の首長の息子として、アイリーンを投獄せざるを得なかっただろう。

度肝を抜かれているクライヴの反応に、アイリーンは笑みを深め、こくりと頷いてもう一度繰り返した。

「神などいません、殿下。いればどうして〝トマール風邪〟などが流行したのですか？　あれを神が与えたもうた罰だと言う人もいますが、神は罪もない人には罰を与えないはず。私が修道院で看取った患者の中には、生まれたばかりの赤ちゃんもいました。赤ちゃんに罪を犯せますか？　それとも生まれてきたことが罪なのですか？　ならばこの世界には罪人しかいないことになりますね」

「……アイリーン」

「神が存在するならば、この世界に理不尽はありません。皆が豊かで幸福なはずなのです。でも、現実には理不尽も不条理もゴロゴロ転がっている。罪が、神から罰せられるような行為であるならば、神がいないのだから罪も存在しません」

「それでは、世界は混沌と化してしまう」

確かにアイリーンの言うことには一理ある。しかし神という存在を否定すれば、神を信じその罰を恐れることで効力を発揮していた道徳観念が崩壊してしまう。

クライヴの言葉に、意外なことにアイリーンは頷いて「その通りです」と言った。

「ですから人が〝罪を〟定めたのです。人は集団で生きるために、〝規律〟を作らなければいけなかった。互いに傷つけ合わないよう、殺し合わなくても済むよう……平和に生きるために、あれをしてはいけない、これをしてはいけない——その禁止事項を〝罪〟と呼んで禁じたのです。それを重んじることは、大切なことだと私も思います。ですが、重んじることと、〝罪〟と〝規律〟を混同することは違います」

「混同すること？」

「〝罪〟とは人々の安寧のために定められた〝規律〟の禁止事項です。あなたは、聖騎士として人々の安寧を脅かす者たちを殺しました。それは〝罪〟ではなく、〝規律〟の力そのものです。あなたは〝規律〟の力の体現者であっただけ。だからあなたは罪を犯してなんかいないんです」

アイリーンは持論を述べ終えると、涙で濡れた目でにっこりと笑った。

勝ち誇ったようなその微笑みがおかしくて、クライヴはまた笑みを噛み殺した。

確かに、アイリーンの論理には破綻《はたん》がない。

だが、あくまでこれは一つの異論に過ぎないし、そもそも神がいないという前提からしてとんでもないし、この論理を是《ぜ》とする者はこの国では少ないだろう。

言ってしまえば、子どもの屁理屈のようなものだ。

それでも、アイリーンが懸命にクライヴを励まそうとしていることを感じて、少し励まされたような気持ちになったのだ。

「……ありがとう」

たとえこれがこちらの油断を誘うための演技だったとしても、嬉しいと思う気持ちに嘘はなかった。だから礼を言ったのだが、それはアイリーンの求めた反応ではなかったらしい。

彼女はムッと唇を尖らせて不満の意を表した。

「……納得してくださっていないのですね」

「い、いや、そんなことはないが……」

「私の話に納得してくださったら、〝ありがとう〟なんて言葉はおっしゃらないはずです！」

「あー……」

それは確かにそうだ、とクライヴは臍《ほぞ》を噛んだ。

ここは『なるほど』とか『君の言う通りだ』とか言うべきだったのだ。

だが神がいないから罪もないのだと言われても、クライヴの人生が多くの人たちの屍《しかばね》の上にあることは変わらないし、クライヴにとってそれは大罪だ。

(神に許されたいわけじゃない。罪から逃れられるとも思っていない)

過去は変えられない。ならば、過去を背負って生きていくしかない。

だがこれまでと同じ道を歩むのではなく、違う道を歩みたいのだ。

「神がいるかいないかは、俺にとってはあまり大差がない。俺にとっての〝罪〟は、俺の倫理観に基づくものでしかないからだ。その上で……君は〝罪〟ではないと言ってくれたが、やはり俺は〝罪〟だと思う」

その言葉に、アイリーンが何か言おうと口を開きかけたので、クライヴは片手を上げてそれを制した。

「だがその〝罪〟から逃れようとは思っていない。背負う覚悟はできているんだ。ただ、その方法が手探り状態であるだけで……」

「方法……つまり、贖罪の、ということでしょうか？」

「贖罪……そうだな、大きな括《くく》りではそうなるか。……俺は、争いばかりの世界にうんざりして、逃げてここへやって来た。争いのない、平穏な生活をしたいと願っていた。だが……」

そこで言葉を切って、クライヴは瞑目する。

(そうだ、俺は逃げてようやく平穏な暮らしを手に入れた。それなのに、どうしてこんなにもそれが受け入れ難いのか……)

目の前に望んだ穏やかな生活があるのに、自分は未だに罪悪感に苛まれている。

――それでいいのか。

――逃げたままでいいのか。

――母や、乳母や、乳兄弟は、お前が逃げるために死んでいったのか。

そんな問いが、自分の胸の奥底から湧いてくるのだ。

「分からないんだ。これで本当にいいのか。望んだものを手に入れたはずなのに、俺がやらなくてはならないことが他にあるのではないかという考えが、頭から消えてくれない……」

逃げたままでいれば、この国の王にはいずれ兄のローレンスがなる。

王座に座る兄の姿を想像し、心の中に込み上げるのは正直なところ不安しかない。

ローレンスは、兄とはいえクライヴと同じ二十八歳だ。大抵の場合、この年齢になれば大人としての落ち着きや思慮深さが身につくものだが、ローレンスは違う。まるで十代の子どものように感情的だし、その言動も浅慮さが滲み出ている。

王妃の圧力があるから周囲に諭す者がおらず、甘やかされた結果なのだろうが、それだけではなくローレンス自身の性質もあるのかもしれない。

だが、父が選んだのはローレンスだった。

母が亡くなりクライヴに後ろ盾がなくなったという事情もあるが、やはり王妃とロンデル侯爵の力が大きかった。ローレンスを選ばないことで、彼らに不満を抱かせれば、国を不安定にさせると父王は考えたのだ。

（それに父上は、施政者として王妃を片腕だと思っておられるからな……）

継母である王妃は、クライヴには容赦なく暗殺者を送り込んでくる悪魔のような人間だが、一国の王の妃としては実は優秀な女性である。社交的で語学に長け、五カ国の言葉を巧みに操る彼女の手腕は主に外交で発揮された。長年敵対関係にあった東の隣国との和平を結ぶことができたのは、彼女のおかげだと言われている。

ローレンスは感情的で浅慮ではあるが、その母である王妃には従順である。王妃が父王の目指す国政の道から外れなければ、ローレンスもまた外れないということだ。

周囲に集う臣下たちが優秀であるなら、ローレンスはある意味、名君になりうる最適な器と言えるのかもしれない。

父の下した結論に、クライヴは黙って従った。

最初から異を唱えるつもりなどなかった。それでいいはずだった。

（――だがあの時、腹の底が冷えたような心地になったのも、事実だ……）

あの兄に国の舵取《かじ》りができるとは思えない。

王位などには興味はなかったが、学業でも身体的な鍛錬でも、自分はローレンスより努力していて、優秀な成績を収めている自覚があった。そのことを、父もまた認めてくれていると自負していたからだ。

——俺はローレンスよりは、マシな王になる。

傲慢にもそんなことを思っていたのだ。王位には興味がないと言いながら、父ならば自分を選ぶだろうと、どこかで期待していたのかもしれない。

(裏切られたような気になるのは、お門違《かどちが》いだろう)

自分でも分かっている。

だがその日から、母の夢を見るようになった。

乳母や、乳兄弟の夢もだ。

王妃に殺された彼らが、青く鋭い目でこちらを睨み『あの者を王の座に座らせるつもりか』と叫ぶ夢だ。

「俺は逃げるべきではなかったのかもしれない。逃げずに戦うことが、俺の身代わりになって死んでいった母や、その他の愛する者たちへの、唯一の償いなのではないかと思ってしまうのだ」

自分の中の葛藤を言葉にして吐き出すと、なるほど、と腑《ふ》に落ちる。ただ頭の中で考えているだけでは、整理されない漠然とした感情が漂っているだけだった。それを言葉にするだけで、その感情に道筋がつき、把握しやすくなった。

（それを吐き出す相手がアイリーンというのが、我ながら不安を覚えてしまうが……）

なにしろ、政敵の娘である。

（……だが彼女だからこそ、吐露《とろ》できたのだ）

アイリーンだけが、鉄面皮と言われるクライヴの動かない表情の中から、その不安を見て取ったのだから。

（本当に、不可思議な娘だ……）

どこまでが本当で、どこまでが嘘なのか。彼女に関しては、何も信じてはいけないと分かっているのに、うっかり信じてしまいたくなるような真摯さがある。

そんなことを考えながらアイリーンを見れば、彼女は驚いた顔をしていた。

「お母様は、殿下の身代わりになってお亡くなりに？」

クライヴの母妃が亡くなった事件は、世間でも取り沙汰された。だからアイリーンが知らないことに驚いたが、彼女はクライヴの五つ年下だ。当時はまだ小さな子どもだったから知らなくてもおかしくはない。

だから「そうだ」と首肯すると、アイリーンは顔を曇らせて「それはご愁傷《しゅうしょう》様でした……」と呟いた。

「いや、ずいぶん昔の話だ」

「……でも、身を挺して我が子を守るようなお方が、償いなんて求めるでしょうか……？」

首を捻りながら訊かれ、クライヴは目を見開く。

「――償いを求めない……？」

考えもしないことだった。

自分のせいで死なせてしまったのだから、償いをするべきなのだと思い込んでいた。

慌てて記憶を手繰《たぐ》ってみて、クライヴは呆然とする。

母の記憶が、ひどくぼんやりとしてしまっていたからだ。母だけじゃない。乳母も、乳兄弟の記憶もだ。

その姿も、表情も、声も、そして情景までもが、まるで古くなった絵本のページのようにカサカサとしていて、鮮明に思い出すことはできなくなっていた。

（……いつの間に、こんなに記憶が朧《おぼろ》げになってしまっていたんだ……？）

思い出せるはずだった。

夢の中で、彼らはあれほど強烈に迫ってきていたというのに。

だがその夢の記憶すら、彼らの顔はひどく掠れていて、あれが本当に母だったのか分からないほどだ。

「あ……殿下のお母様の代弁を、私のような者がするなど恐れ多いことですが……。ただ、その……私だったら……」

「――私だったら？」

鸚鵡返しをして先を促したのは、母だったらどうするか、クライヴには分からなかったからだ。母がどんな考えをして、どんなことを感じるのか、もう見当もつかなくなってしまっていた。

固唾を呑むようにしてアイリーンの回答を待っていると、彼女はスッと背筋を伸ばし、まっすぐな目をして口を開いた。

「償いなんて要らないです。ただ、あなたに幸せになってほしいと願うと思います」

「――――幸せ、に……」

「はい」

こくりと頷く彼女を見て、クライヴは、は、と短い息を吐く。

「そんなことが、許されるのか……」

自嘲めいた問いが漏れた。

許されるわけがない。自分を愛してくれた者ばかりを死なせて、その上自分が生き延びるために多くを殺した人間が、幸せになるなんて。

そう叱咤する一方で、それが喉から手が出るほど欲しいと思っている浅ましい自分もいるのだ。

自分に呆れ返って、嘲笑が込み上げたその時、力強い声が聞こえた。

「許されるに決まっています！　もしあなたの幸福を許さないなんて言う人がいたら、私がブン殴ってやりますから、呼んでくださいね！」

アイリーンが右腕の小さな力こぶを見せつけるようにしてそう言った。

クライヴは呆気に取られた。

「……ブン殴って……？」

まさかの腕力行使に思わず彼女の腕を見た。当たり前だが、筋肉のこぶはとても頼りない大きさだ。

「はい！　この世界の人間全員が許さないと言ったとしても、私だけは許します！　国王様にだって、神様にだって叫んでやります！　あなたは幸せになるべき人なんだって！」

いたずらっ子のような得意げな笑みを浮かべるアイリーンに、クライヴは頭から清廉な水を浴びせられたような心地になった。自分の体の芯にこびり付いていた黒い靄のようなもの――罪悪感や、諦念《ていねん》といった凝《こご》った負の感情が、清い水に洗い流されていく。

幸せになりたいと思っていた。

幼い頃……乳母や、乳兄弟や、母といった、愛する者たちが傍にいてくれた時には感じていたであろう『幸福』というものを、クライヴは無くしてしまった。

それがどういうものなのかすらもう思い出せないくせに、ただ幸せになりたいと執念のように願い続けていた。

だがそれと同じくらいの強さで、自分には幸せになどなる資格がないと思っていた。多すぎる他者の死の上に存在する自分には許されないことなのだと。

堂々巡りのその葛藤に、アイリーンが終止符を打ってくれた。

『この世界の人間全員が許さないと言ったとしても、私だけは許します！　国王様にだって、神様にだって叫んでやります！　あなたは幸せになるべき人なんだって！』

（──俺は、誰かにそう言ってもらいたかったのかもしれない……）

自分も、幸福を望んでもいいのだと。

人生とは実に奇妙だ。

望んでいたその言葉をくれたのが、よりによって政敵の娘だったのだから。

（だがそれも、俺の人生らしいということなのかもしれない」

しみじみと思うクライヴの隣で、アイリーンは自分の発言を省みたのか、オロオロとし始めていた。

「あっ、あの、私などが、殿下を〝許す〟なんて、烏滸《おこ》がましいことを……！　ご無礼をどうかお許しください……！」

青い顔をしてアワアワと謝罪するアイリーンの手を、クライヴは摑んで引き寄せる。

「えっ……殿下……」

小さな手だった。農作業のせいで荒れてはいたが、それは働き者である証拠だ。

クライヴは跪き、その手を恭しく掲げた後、その指に口付けをした。

「でっ……!?」

手の指へのキスは、敬愛の証だ。

たとえ彼女が嘘しか言わない諜報員《スパイ》であったとしても、クライヴにとって救いを与えてくれた人であることは間違いないのだから。

キスを終えて視線を上げると、アイリーンのリンゴのように真っ赤な顔があった。

「無礼などではない」

「へぁッ!?」

なんだその返事は、と呆れてしまう。

だが、クライヴは自然と微笑みを浮かべていた。

「君は俺の妻で、俺を許してくれた唯一の人だ。……これからも、俺を許してくれるか?」

彼女が許してくれるならば、自分の幸福を求める勇気が湧いてくる。

「も、もちろんです!」

アイリーンは即答したものの、「ですが……何を許せばいいのでしょう?」と首を傾げている。

クライヴはニヤリと笑って立ち上がり、未だ赤い彼女の顔を覗き込んで宣言した。

「君が俺に、幸せになってもいいと言ったのだ。その責任はとってもらうぞ」

第四章

モンマルヴァ畑が完成し、アイリーンの生活は一旦落ち着いた。

もちろん農業に休みはないので、毎日モンマルヴァの様子を見に行ってはいるが、畑を作っている時ほどしなくてはならない作業はないため、一日中畑仕事に明け暮れるということはなくなり、城で過ごす時間が以前と比べ圧倒的に多くなった。

その結果、クライヴと過ごす時間が増えてしまったことに、アイリーンは首を傾げていた。もちろん、崇拝している恩人の傍にいられることは、幸せ以外の何物でもない。こちらとしては大変嬉しくありがたく拝みたいくらいだが、クライヴにしてみれば、政略結婚の相手と一緒に過ごす理由はあまりないはずだ。

（……もしかして、私は監視されているのかしら……！）

なにしろ敵方の家の娘だ。何か良からぬことを企んでいるのではと疑われ、見張られているのかもしれない。

だとすれば、クライヴに余計な時間と手間をかけさせてしまうのは大変申し訳ない。

今もクライヴはアイリーンと共に城の中庭を散策中だ。

アイリーンは調香師をしていた経験から、この城の植物を使ってポプリや石鹸などを作れないだろうかと物色に来たのだが、なぜかクライヴがくっついてきてしまったのだ。

隣を歩くクライヴは、午前中の柔らかな陽光の中、白い薔薇《ばら》を眺めて穏やかに微笑んでいて、まるで一枚の絵画のように美しい。

（……眼福……！）

心の中でうっとりとしながらも、アイリーンはおそるおそる言った。

「あ、あの、殿下……、私にお付き合いくださらなくともいいのですよ？　殿下はお忙しいでしょうし、私の散歩などに時間を取らせるのは申し訳なく……！」

クライヴはこのゲインズボロだけでなく、ハルベリの領主でもある。アイリーンの故郷であるハルベリは、ゲインズボロとは違い商業でそれなりに発展している土地ではあるが、二つの領地を纏めなくてはならない彼は、やらねばならないことが山積みであろう。

そんな忙しい彼の時間を、自分に割かせるのは大変心苦しい。

だがクライヴは、アイリーンの言葉に眉根を寄せた。

「俺と一緒にいるのは嫌か？」

「とっ、とんでもない！　殿下のお傍にいられることは、至福の極みでございます！」

「ならばいいだろう。俺も君と過ごすのは悪くないと思っている」

（なぜそんな嬉しいことを言ってくださるのか……！　喜びで踊り出してしまうのでやめてください……！）

クライヴの今の言葉を自分の墓に刻んでもらおうと心に誓いながら、アイリーンはなおも言った。

「あの、私の監視が必要でしたら、散歩は別の方についていただきますので……」

するとクライヴは面白いものでも見るような目つきになる。

「君はボーフォート家の諜報員《スパイ》であることを隠さないのだな」

指摘されて「あ、本当ですね」と思ったものの、「まあいいか」とアイリーンは肩を竦めた。

「そう思われても仕方のない状況ですので……」

実際にボーフォート家にはクライヴの動向（捏造したもの）を定期的に報告しているし、諜報員であることに間違いはないので、否定もできない。

「ですが、私は第一王子派ではありませんので！」

私の〝推し〟は派閥など関係なく恩人であるあなたです！　という気持ちを込めて言い切ると、クライヴはなんとも言えない奇妙な表情になった。

「君の発言はいつも支離滅裂だな」

（うう、確かに……）

アイリーンにとっては一貫した主張なのだが、彼にはそう思えるだろう。あなたのために二重諜報員《スパイ》をしている、と言ってみたところで、信じてもらえないのは分かっている。修道院で調香師として働いていたことを話してみた時も、クライヴは半信半疑といった様子で、信じてもらえてはいなそうだった。

(敵方の家の娘を、そう簡単に信用なんてしていただけるわけがないわよね)

だがそれは想定内なので、問題はない。問題は、多忙なクライヴの時間を割いてしまっ
ていることだ。

「あの、信じていただけないことは重々承知しておりますが、悪いことはしませんので
……」

「君が悪いことをするとは思っていない」

「え」

意外なことを言われて、アイリーンは思わず目を丸くした。

そんなアイリーンに、クライヴは優しい眼差しを向ける。

「それどころか、君は領民にとってとても良いことをしてくれた。モンマルヴァ栽培は、
俺には考えつかないものだった。上手くいけば、この領地の特産物となってくれるだろう。

領主として改めて礼を言う。ありがとう、アイリーン」

「そ、そんなっ……!　私こそ、差し出がましい真似をしてしまったのに……」

クライヴのために何かできないかと、無我夢中でやってしまったことだったし、よく考えてみれば『勝手なことをするな』と叱責されてもおかしくないのに、クライヴは何も言わず受け入れてくれた。それだけでもありがたいのに、まさかクライヴから礼を言ってもらえるなんて、夢にも思っていなかった。

感極まって涙が滲んでしまい、ゴシゴシと手の甲で拭っていると、ふと視界が暗く翳った。不思議になって目を上げると、クライヴの端正な美貌が目の前にあって仰天する。

「でっ、殿下……!?」

「目を擦るな。赤くなる」

呆れたように言いながら、クライヴがアイリーンの目元にハンカチーフを押し当ててくれた。

「……っ、あ、ありがとう、ございます……！」

思いがけずクライヴの顔を間近で拝めて頭の中が沸騰《ふっとう》しそうになったが、それでもなんとか礼の言葉を絞り出すことができた。顔が真っ赤になっている自覚があるが、誤魔化しようがない。

（ひぃ……恥ずかしい……美しぃ……拝みたい……）

半ばパニックを起こして棒立ちになっていると、クライヴがクスリと笑った。

「君は本当に、手のかかる子どものようだな」

「す、すみま……」

「いや、存外悪くない」

「は……」

「自分が世話焼きな人間だとは思わなかったが、君の世話を焼くのは嫌いじゃない」

優しい微笑みを浮かべてそんなことを言われ、アイリーンは昇天しそうになった。

だが気を失いかける自分を、理性が押し留める。

(ばか！　クライヴ様にお世話していただくなんて、ご面倒をおかけしてどうするの！　ここにいるのはご恩をお返しするためでしょう！　しっかりしなさい、情けない！)

心の中で自分にビンタすると、アイリーンはキリッとした顔を作った。

「殿下のお手を煩わせてしまい、申し訳ございません！」

「だから、君の世話を焼くのは嫌いじゃないと言っているだろう」

「ですが、殿下はご多忙でいらっしゃいますし、私のようなものがその貴重なお時間を割かせるなど、極悪非道な所業です！」

「極悪非道……？」

アイリーンの使う言葉がおかしかったのか、クライヴは鸚鵡返しをした後、プッと噴き出した。

「極悪非道かどうかは知らんが、君が俺の領地経営の手腕を心配してくれていることは分かった」

ギョッとするようなことを言われ、アイリーンは半泣きになって訴える。

（なんてことを！　なんてことをおっしゃるのですか、クライヴ様！）

「殿下！　殿下！　どうかそのような勘違いをなさらないでください！　亡くなった母に誓って、私はそんな心配などしておりません！　大勢の騎士団員を統率され、数々の武勲《ぶくん》を立てられた殿下ならば、このゲインズボロ……いいえ、この王国全土だって正しく治めてくださることは疑いようもないことですから！」

「おい、やめろ。陛下がご健在なのにその発言は、下手をすれば謀反《むほん》を企んでいると疑われかねない」

渋い顔で叱られて、アイリーンは慌てて自分の口を手で押さえた。

なるほど、王族に生まれると、こういった何気ない会話でも気を遣わなければいけないのだな、と反省する。

「軍を統率するのと、政《まつりごと》を行うのとでは勝手が違う。それに、正しく治めると君は言ったが、その正しさも人によって変わるからな」

「正しさ、ですか……？」

アイリーンが首を捻ると、クライヴは「そうだ」と首肯した。

「人によっても、国によっても、時代によっても変わるものだ。どれが本当に正しいのかなんて誰にも分からない。だが統治者であるならば、その正しさは〝民にとって〟であるべきだと俺は思う」

そう語るクライヴの目はどこか遠くを見ていて、彼がこの国や民に思いを馳《は》せているのだと感じられた。

(クライヴ様は、本当に民のことを想っておいでだわ……)

それは彼の行動を見ていれば分かる。

アイリーンのモンマルヴァ畑作りも、敵方の諜報員《スパイ》の勝手な行動だったから、怪しんで中断させてもおかしくない。それなのに「領民のためになることだ」とやめさせなかったどころか、一緒になって畑作りをしてくれた。

聖騎士団の団長として王国の敵を大勢倒していた時も、それが民のためだから行っていたのだ。本当は人を傷つけること、殺すことを誰よりも厭っていて、これまでの騎士団長としての仕事を『罪』だと言って悩むほどなのに。

(しかも、その〝罪〟を誰にも転嫁せず、ご自分が背負うとおっしゃるほど、責任感もお強い……)

アイリーンから見れば、クライヴほど王に相応しい人物はいない。

そんな彼が、なぜ王都を離れてこんな辺境へやって来たのだろうか。

第一王子に嵌められたとクレアが言っていたが、彼ほどの人ならば、望めば王都に留まることもできたのではないか。

領主であってもその領地経営は家令に任せ、自分は王都にあるタウンハウスから戻らない貴族も少なくないと聞いたから、不可能ではなかったはずだ。

「殿下はなぜ、王都を離れたのですか？」

思い浮かんだ疑問をぶつけてみると、クライヴは少し眉を上げたが、静かな目をして言った。

「俺がいない方が、混乱は起きない。政が混乱すれば争いが起きる。争いが起きれば民が困窮する。王族として……国を司る者の一人として、俺には民の安寧を守る義務があるんだ」

淡々と、けれど淀《よど》みなく答えるクライヴには、迷いがない。

（これが、クライヴ様の信条だからなんだわ……）

自分の身上よりも、民を採ったのだ。民のために、地位も名誉も捨ててこんな辺境へ堕ちることを選んだ。

崇高で、利他的で、献身的なまでに民を想うその高潔な精神に、アイリーンは彼の前に跪きたい気持ちになる。

「私は、あなたこそ、国を担うべきお方だと思います」

想いはそのまま口から溢れ出ていた。

（この方こそ、王に相応しい。必ず、素晴らしい王におなりになる）

確信と願望を抱いてクライヴを見ると、彼は苦虫を噛み潰したような顔をしていた。

「――だから、そういう発言は謀反の疑いをかけられるんだと何度言えば分かるんだ、ばかもの！」

「えっ！　あっ！　も、申し訳ございません！」

ハッとしてまた口を押さえていると、クライヴが盛大なため息をつく。

「まったく……君は少し発言が迂闊《うかつ》すぎるな。マーカスに頼んでおくから、会話の仕方を教えてもらうといい」

「ひ、ひぇえ……」

こうしてアイリーンは、ゲインズボロ城の中で最も怖いと恐れられている執事長から、直々に会話術を学ぶ羽目になったのだった。

＊＊＊

アイリーンがゲインズボロへやって来て四ヶ月が経った。

モンマルヴァ栽培も順調で、城内の人々もアイリーンの存在に慣れてくれたのか、来たばかりの頃に比べると格段に態度が軟化している。

おそらくクライヴが畑作りに参加してくれて、彼と一緒にいる時間が多くなったことが大きな理由だろう。クライヴがアイリーンに対して友好的だから、使用人たちもそれに倣《なら》うのだ。

また執事長のマーカスに会話術の授業をしてもらうようになったのも、理由の一つかもしれない。敵方の家の娘ということで、最初から警戒心を隠さなかったマーカスは、アイリーンに授業をするのも、クライヴに命じられたから渋々といったていだったのだが、毎日授業をする中で、その警戒心を徐々に解いてくれるようになった。授業内容以外のことを一切喋らないという硬い態度から、最近は世間話をしたり、冗談を言い合って笑うまでになったのだ。

こうなることを見越して、クライヴはマーカスにアイリーンの授業をするように命じてくれたのかもしれない。

（……本当に、なんて素晴らしいお方なのかしら……）

クライヴの傍にいられるだけでも至福だと思っていたのに、彼のおかげでこんなにも過ごしやすく、楽しい毎日を送ることができている。恩を返すどころか、返さなくてはいけない恩が溜まっていく一方な気がする。

(こんなことではいけない！　もっとちゃんとお役に立つために頑張らなくては……！)

決意を新たにしたアイリーンに、間もなくその機会が訪れることになった。

ゲインズボロ城に馬車が辿り着いたのは、それから数週間後のことだった。

「やあ、久しぶりだな、妹よ！　会いたかったよ！」

意気揚々とやって来た異母兄の顔に、アイリーンは心の底からうんざりした。

相変わらず胡散臭いし、久しぶりだろうがそうでなかろうが、会いたいという気持ちは砂粒ほども湧いてこない。

だがそれを顔に出すわけにはいかず、にっこりと笑顔を作ってフレドリックを迎え入れた。

「お久しぶりです、お兄様。お会いできて嬉しいですわ」

顔が強張り、不自然な微笑みになっているのが分かったが、嫌いな相手なので仕方がない。だがフレドリックの目には不自然とは映らないだろう。ボーフォート伯爵邸にいた頃は、いつもこの微笑みを浮かべていたのだから。

(きっとこの人は、私の本当の笑顔なんて知らないのよね。まあ、興味もないでしょうけれど……)

そんなことを考えていると、フレドリックはアイリーンの隣に立つクライヴに向かって一礼をしていた。

「クライヴ殿下にご挨拶申し上げます」

「よくまいられた、ジャージー卿」

　ジャージー卿とはフレドリックのことだ。ボーフォート伯爵の嫡子として、父伯が兼領している領地の一つを名乗ることが許されているのだ。

「このような辺境まで訪れてくれるとは……さぞお疲れだろう」

「いいえ、とんでもない。こちらこそ訪問をお許しくださってありがとうございます。我が妹がちゃんと殿下をお支えしているのか、兄として気掛かりでして……」

　フレドリックがチラリとこちらに視線を送ってくるのを、アイリーンは苦々しい気持ちを押し殺し、笑顔で頷いてみせた。

（……何が〝殿下をお支え〟よ。私がちゃんと〝諜報活動〟をするようにテコ入れに来たんでしょうに）

　とはいえ、全く役に立たない情報しか送っていない自覚があるため、向こうが焦れても仕方のないことなのかもしれないが。

　フレドリックから『ゲインズボロを訪問したいので、第二王子の許可を取れ』という手紙が送られて来たのは一月ほど前だ。アイリーンとしても、クライヴの役に立つために、ボーフォート伯爵たちがどんな手を使ってクライヴを陥れたいのか探りたいところだった。

とはいえ、敵方の人間が訪問することを、クライヴは良くは思わないだろう。

だからおそるおそる訊いてみたのだが、意外なことにクライヴはすぐに許可してくれた。

『君が会いたいのならば、招待すればいい』

そんな温情ある言葉をかけられ、アイリーンは申し訳なさに胸が痛んだ。

（クライヴ様は、私のために許可してくださったのですね……！）

自分がクライヴに信用してもらえているなどとは思わない。だが数ヶ月共に暮らす内に、アイリーンへの情のようなものを感じてくれているのかもしれない。

（クライヴ様は情に篤いお方だから……）

きっと猫や犬への情に近いのだろうが、それでもアイリーンは嬉しかった。

（この温情に応えるためにも、うまくフレドリックから情報を引き出さなくちゃ……！）

腹にグッと力を込めると、アイリーンはクライヴと歓談しているフレドリックに向き直る。

「お兄様、ゲインズボロ城のお庭の散策はいかがです？　ご案内いたしますわ。お父様やお母様のご様子も伺いたいですし」

『二人きりで話を』というアイリーンの意図が伝わったのか、フレドリックはうっすらとした微笑を浮かべた。

「もちろんだ。では、案内をしてもらおうかな」

その食えない笑みを忌々しく感じながらも、アイリーンは腕を差し出してくるフレドリックの肘に自分の手を置く。

「それでは、殿下。アイリーンをお借りいたします」

フレドリックが笑顔で挨拶をすると、クライヴはチラリとアイリーンへ視線を投げた。

「――ああ。兄妹水入らずで、積もる話もあろう。夕食まで時間はある。ゆっくり語り合ってくるといい」

そう言って、二人を送り出してくれたのだった。

＊＊＊

ゲインズボロ城の中庭は、とても簡素な造りをしている。

それはこの城が元々は要塞として造られたためだ。植えられている木々も花を愛でるというよりは、風除けや日陰を作るためであったりと、実用的な理由で選ばれているのが見て取れる。

王都の城や貴族の邸宅の、華やかで美しく整えられた庭と比べれば、大変素朴な感じなのだが、それがマンスフィールド修道院の庭を思い出させて、アイリーンは気に入っている。

だがフレドリックは気に食わないようで、庭を歩きながら顔を顰めた。

「酷いものだな。これが庭？　辺境となれば、庭ですらこんな質素になってしまうのか」

イヤミったらしく鼻を鳴らすフレドリックを、アイリーンは思い切り蹴り飛ばしたくなった。もちろんそんなことを現実にするわけにはいかず、代わりに貼り付けたような作り笑いを浮かべて言った。

「ボーフォート伯爵家のお庭は、薔薇が素晴らしいですからね」

伯爵の家は、住んでいる人間はことごとく嫌いだったが、庭にある薔薇園だけは美しかった。

「ああ、祖父が前《さき》の国王陛下のご訪問に際し、国一番の庭師に造らせた特別な薔薇園だからな」

自慢げに頷くフレドリックに、アイリーンは内心鼻白んだ。

先ほどクライヴに対して見せていた遜《へりくだ》った態度とは打って変わった、尊大な物言いに呆れてしまう。

「それで、今回の訪問はどういうご用向きですか？」

単刀直入に切り出せば、フレドリックはやれやれというように肩を竦めた。

「至らない妹の尻拭いだよ。……お前の寄越す報告書は全く使えないと父上がご立腹だ」

まあそうだろうな、とアイリーンは思ったが、口元に手を当てて、わざとらしく心外そうな顔を作ってみせる。

「そんな！　毎日余すことなく報告をしておりますのに！」

「はぁ、まったく……！　アレが食べた物を列挙されたところで、なんの情報にもならないんだよ」

クライヴを『アレ』扱いされて、アイリーンのこめかみに青筋が立ったが、今は腹を立てていい場面ではない。

フレドリックの言葉に困ったように俯いて、殊勝そうな声を出して訊ねた。

「ではどんなことを報告すれば良いのでしょう？」

「いや、もういい。お前の情報収集力には期待できないことが分かったからな」

なんと。早々に『使えない』と見切りをつけられて、アイリーンは内心焦る。

(第一王子側の動きを探りたいのに……！)

もう少し使えそうなガセネタを報告書に挙げておくべきだっただろうか、などと後悔していると、フレドリックがニヤリと口元を歪めた。

「代わりにやってもらいたいことがある」

「――なんでしょう」

この時を待っていた、とアイリーンは密かに唾を呑んでフレドリックの顔を見た。

「来月、陛下の生誕祭がある。その時にアレに剣を献上させろ」

意外な内容に、アイリーンは首を捻る。

クライヴの父である国王の生誕祭は、毎年盛大に行われる。貴族たちは自領の特産品を祝いの品として献上するのが慣わしとなっているのである。

生誕祭には当然クライヴも招かれるだろうから、父王への祝いの品を献上するはずだ。

「献上品に、剣ですか……？　ゲインズボロには鉄鉱山もありませんし、特筆すべき鍛刀地もないですよ？　特産品でないものを陛下への献上品にするのは、少々違和感がありませんか？」

「違和感があった方がいい。その方が猜疑《さいぎ》心が強まるというもの。だがアレに警戒されるのはいただけないな。剣でなくともいい。何かこう、〝呪詛〟の〝媒介〟になりそうなものを用意するんだ」

『呪詛』という言葉に、アイリーンはハッとなった。

国教であるシタン教には『人を呪う』という概念がない。シタン教は一神教で、神や天使といった存在は死者を蘇らせたり、また死に至らしめたりと、強大な『力』を持つが、人間は『力』を持たない弱き存在であるとされているからだ。人に人を呪い殺す『力』はないのである。

　これに対して、『呪詛』の概念を持つのは、隣国に多くの信者がいるユハナ教である。自然を司る複数の神々を祀り、神官や巫女を通して『神々の力を借りる』ことができると教えるユハナ教では、人は神の力を借りて、人を呪い殺すことができるという。

　アイリーンは『トマール風邪』の経験から神の存在を信じていないし、人が呪いで殺された場面を見ていないので、『呪詛』の真偽は分からない。だがバーガンディ王国では『呪詛』は邪教徒による攻撃だとして、厳しく取り締まられ、厳罰に処される。

（聞いた話だけど、冤罪《えんざい》も多いとか……）

　アイリーンにしてみれば、『呪詛』で人を殺せるかどうかも怪しいというのに、それを罪だとして罰するなんてばかげているし酷い話だ。

　だが『呪詛』を行った証拠というものがあるらしい。それが『媒介』である。『呪詛』を行うには、指輪やネックレスなどの装身具や剣といった、呪う相手の傍にある物である必要があるらしく、それを『媒介』と呼ぶのだそうだ。

（たとえ〝媒介〟らしきものがあったとして、それが本当に〝呪詛の証拠〟だなんてどうやって分かるのかしら……？　そもそも〝呪詛〟はユハナ教のものなのだから、シタン教徒たちがその内容に詳しいとは思えないのだけど……）

　アイリーンは以前、とある出来事をきっかけに、ユハナ教について知る機会があったのだが、彼らの教義にはとても複雑なルールがあり、儀式一つ行うのにも守らなくてはならない決まり事がたくさんある。おそらく物を『呪詛の媒介』とするためにも、たくさんの条件があるはずだ。

その細かい条件を、ユハナ教を邪教だとして倦厭《けんえん》するシタン教徒が把握しているとは考えにくい。

(きっと把握していないまま〝媒介〟だと断定しているのでしょうね)

だから冤罪も多く起こったであろうことは、想像に難くない。

「呪詛……？　まさか、ユハナ教——邪教を使って第二王子殿下を殺すおつもりですか？」

思わず低い声になると、フレドリックがスッと目を眇めた。

「おいおい、第二王子殿下だと？　なぜお前が気色ばむ？　アレに絆《ほだ》されたか？　我々を裏切る気ではないだろうな？」

敬称をつけたことを指摘され、ドキリと心臓が鳴ったが、アイリーンはそれを隠してハッと短く笑いを吐き出す。

「ご冗談でしょう！　第二王子に与《くみ》して、私に何の得が？　今第二王子を殺せば、私の身が危うくなるから言ったまでですわ」

アイリーンが裏切れば、マンスフィールド修道院に謂れのない罪がかけられることになるぞ、と言外に脅してくるフレドリックに、腑《はらわた》が煮え繰り返りそうだ。だがそれを表面に出してはいけない状況に、アイリーンは奥歯を噛んだ。

「フン。分かっているならいいが……。〝呪詛〟を使うのは我々ではない。あちらだ」

「――――！」

その返しに、アイリーンはなるほど、と得心がいく。

（クライヴ様の献上品を、呪詛の媒介だとでっち上げるつもりなのね……）

国王をそれで呪い殺そうとした、とすれば、いくらクライヴとはいえ極刑は免れないだろう。証拠が曖昧である『呪詛』ならば、冤罪にはうってつけだ。

本当に卑怯な連中だ、と第一王子派を軽蔑しながらも、アイリーンは目紛《めまぐ》るしく頭を回転させる。

（でも、曖昧だと言うなら、その謀略を覆すのも難しくはないはず！　それなら私にも取れる対策がある……！）

幸いにして、アイリーンには多少の伝手がある。『呪詛』について調べ直してみよう。

クライヴを守り、かつ第一王子派を出し抜いて彼らの罪を暴く方法が、何かあるはずだ。

アイリーンは心の裡でほくそ笑むと、フレドリックに向かって優雅に頷いた。

「――承知しました。ちょうど良さそうな献上品を見繕《みつくろ》うことにいたします」

「何を送るか決まったら、すぐに知らせろ」

「分かっております」

素直な返事に満足したのか、フレドリックはフンと笑って踵《きびす》を返す。

「もう戻るぞ。こんな粗雑な庭を見たところで、何も面白くないからな」

「……そうですか、では」

その後ろ姿に飛び蹴りを喰らわせる想像をしながらも、アイリーンがその後に続くと、フレドリックが言った。

「そういえばお前、アレとは上手くやっているのか？」

「――上手く、とは？」

意味を量りかねて眉根を寄せると、フレドリックはジロリとこちらを睨む。

「夫婦として、だよ。見たところ、アレとはまだずいぶんと距離があるようだ。お前があいつを誑《たら》し込んでおかないと、こちらの動きが警戒されやすくなると、我が家で教育した時に教えたはずだ。なんのための〝妻〟だ。閨房術《けいぼう》の教師をつけただろう。ちゃんと実践しているのか？」

「……申し訳ございません」

確かにボーフォート伯爵家にいた頃、閨房術の授業と称して娼婦が家にやって来て、どうやって男性をその気にさせるかとか、こういった体位でこう動くなど、かなりあけすけな話をしていった。しかしアイリーンはそれを右から左に聞き流していたので、内容はほとんど頭に残っていない。

「まさか初夜も完遂していないとは言わないだろうな？」

フレドリックの疑いの眼差しに、内心ギクリと肝が冷えたものの、アイリーンは驚いたような顔を作った。

「まさか！　鑑定人が証拠をお持ちしたはずでは？」

「そんなもの、捏造などいくらでもできる」

「ですが、信じていただくほかございませんし……」

「私が言いたいのは、もっとしっかり誑《たぶら》かせということだ。アレがお前の言うことを全面的に信じるくらいにしておけ。無能なお前には、その体を使うことくらいしかできないだろうからな」

フレドリックはニヤニヤと下卑た笑みを浮かべ、アイリーンの体を頭から爪先まで舐めるように眺め下ろしてくる。

（その顔面に拳《こぶし》を叩き込みたい！）

心の中で盛大に叫んだ後、アイリーンは力を振り絞って顔の筋肉を動かすと、艶然《えんぜん》と笑ってみせた。

「ご期待に沿えるよう、頑張りますわ」

＊＊＊

『ご冗談でしょう！　第二王子に与して、私に何の得が？』

伝声管を通して聞こえるアイリーンの声に、クライヴは鉛《なまり》のようなものが胃の底に沈んでいくのを感じた。

双眼鏡で見るアイリーンとフレドリックは、冷笑を浮かべて話し合っている。

（……まさか俺に会話を聞かれているとは思ってもいないのだろうな」

このゲインズボロ城の庭は、見晴らしも良く連続して植えてある木もないため、人が隠れることができない。そのため密談をするにはもってこいの場所なのだが、実はそれは罠である。この庭には、あちこちに伝声管と呼ばれる伝音装置が密かに置かれているのだ。

伝声管とは、金属の管を使い遠くの音を伝える装置で、一般的には大型の船で使われている通話装置だ。そんなものを庭に配置してあるとは、さすがは軍事基地としての機能を備えた城砦である。

ちなみにこの伝声管の存在は、城の設計図に書かれてあった。送話口は城主の執務室の奥の隠し部屋の中に備えられていて、伝声管の存在は城主以外には知られないようになっている。

他国からの侵略による戦争に明け暮れていたゲインズボロ王国の時代には必要だった物

ないだろうか。

なのだろうが、バーガンディ王国の支配下となって以降はあまり活用されなかったのではないだろうか。

クライヴも「面白い物があるんだな」程度の認識だったのだが、まさか実際に使う日が来るとは思っていなかった。

（……だが、役に立ったな）

苦い気持ちで双眼鏡を置くと、クライヴは椅子に腰掛けた。

フレドリックが到着するや、アイリーンが兄を連れ出して庭へ行った時に、嫌な予感がしていた。

（まさか、本当に裏切られていたとはな……）

いや、『裏切られる』という表現はおかしい。アイリーンは最初から敵だったのだし、彼女にしてみれば裏切り行為ではなく正当な任務だ。

クライヴとて、それは重々承知していたはずだったのに。

だがそれでも、この四ヶ月共に暮らしていく中で、アイリーンの突拍子もないところや、領民たちと笑い合ったり、一緒に泥だらけになって農作業に勤しんだりする姿を見て、彼女のことを信じ始めていたのだ。

なにより、アイリーンはクライヴに『あなたは幸せになるべき人だ』と言ってくれた。

（……ずっと欲しかったその言葉をくれたのが、どうして君だったんだろう）

敵だと分かっていながら、信じてしまうなんて――。

自己嫌悪と情けなさに体が沈み込むような倦怠《けんたい》感に襲われる。

(自分がこれほど愚かだったとは思わなかったな……)
ハ、と吐き出した自嘲の笑みは、埃《ほこり》っぽい密室の空気に虚しく霧散していった。

アイリーンとフレドリックの密談を盗み聞きした後、時間はいつの間にか過ぎていった。気がつけば夕食の時間になり、マーカスに促されて支度をし、食堂へ行った。

兄妹はすでに揃っていて、にこやかな雰囲気で夕食を食べていた気がするが、どんな会話をしたのかは全く記憶にない。

ただ、フレドリックの自慢話に、貴族の令嬢然とした微笑を浮かべて『さすがはお兄様』などと相槌を打つアイリーンが、普段の彼女とは別人に見えて驚いたことは、印象に残っている。

(……いや、アイリーンにとって本当の〝普段〟は、こちらの方なのだろうな……)

これまでクライヴに見せていた姿は全部、演技だったのだろう。

自嘲ぎみにそう思いつつも、冷たい微笑みの彼女にどうしても違和感を覚えてしまうのは、自分がなおもアイリーンを信じたいと思っているからなのか。

己の定まらない感情にうんざりしながら、クライヴは静かに夕食を終えた。

自室に戻り寝支度を終えた時点で、今夜はアイリーンと共に寝室を使うことを思い出した。

クライヴとアイリーンは、普段寝室は別にしている。初夜は鑑定人の手前同じ寝室で眠ったが、それ以降は一緒に眠る理由がないからだ。

マーカスなどは不満そうにしていたが、アイリーンからは何も言われなかったのでそのままにしてきた。しかし、今夜はフレドリックがいる。

夫婦関係が良好なふりをするために、同じベッドで眠るべきだ、とマーカスに言われて承諾したのだ。

（……まあ、同じベッドを使うくらい構わないだろう。そもそも初夜で一度経験しているのだ。問題ない……）

そう思ってみるものの、今アイリーンと二人きりになるのは辛いなと思った。

彼女が自分の敵で、ローレンスのために諜報活動をしているのだという事実を、情けないことにまだ上手く呑み込めないでいるからだ。

（――いや、事実として認識しているのに、感情がついてこないのだ）

敵であるならば、敵として扱うべきだ。こちらを陥れようとするならば、逆手にとって陥れ返すために、その掌にのったふりをして情報を引き出してやればいい。

分かっているのに、アイリーンの無邪気な姿が脳裏にちらついて離れない。領民の赤子を抱いていた時の笑顔や、農作業をして泥まみれになりながらも、真剣な表情で村民に指示を出す凛々しい顔が、頭の中に浮かんでは消えていく。

『私ごとき僕が殿下と同じベッドを使うわけにはまいりません！』

初夜で妙にキビキビとした口調でそう宣言した時には、なんて珍妙なことを言うんだと呆れたものだ。

『私は、あなたこそ、国を担うべきお方だと思います』

こちらをまっすぐに見つめてそう言うアイリーンは、キラキラと澄んだ目をしていた。

(あれらが全て、演技だったのか……？)

信じたくないという気持ちを、どうしても消すことができない。

己の未熟さにため息をついた時、寝室のドアがノックされて寝支度を終えたアイリーンが顔を覗かせた。

暗い気持ちで顔を上げたクライヴは、彼女の姿にハッとなる。

白いレースの夜着を着たアイリーンは美しかった。

シルクのレースでできているため半分は透けていて、彼女の滑らかな肌を垣間見させているのが実にけしからん。

ただ眠るだけなのに、なぜこんな色っぽい夜着を着せたのか。初夜の時よりも艶めかしい気がする。レディーズメイドのメリンダを問い質したくなったが、一方で「よくやった！」と褒めたい気持ちにもなった。

湯浴みをしたのか、頬がうっすらと紅潮していて、いつもは結んでいる髪を梳き下ろしているのが淑《しと》やかな雰囲気だ。

普段農作業をしている姿ばかり見ているせいか、しっとりとした夜着の姿に生唾《なまつば》を呑んだ。

（……何を考えている。しっかりしろ。彼女は敵方の諜報員《スパイ》だ。俺を陥れようと、その機会を虎視眈々《こしたんたん》と狙っている。聞いただろう、フレドリックとの会話を……）

『我々を裏切る気ではないだろうな？』というフレドリックに、今まで聞いたこともないような酷薄な声で『ご冗談でしょう！　第二王子に与して、私に何の得が？』と言っていたではないか。

自分で自分を厳しく叱咤し、クライヴは咳払いをしてアイリーンに言った。

「……何か飲むか？」

するとアイリーンは両手を前に突き出してブンブンと振る。

「いえ！　私はさっきメリンダに水をもらいましたから！」

「……寝酒もあるが？」

少し酒の力を借りて落ち着きを取り戻したいところだったので、クライヴは蒸留酒をグラスに注いでいた。

「いえ！　私はお酒はあまり……！」

「そうか」

そういえば、彼女は宴でも舐める程度しか酒を呑んでいなかったな、と思い返しながらグラスを口に運ぼうとすると、アイリーンが言った。

「はい。あの……差し出がましいようですが、寝酒はあまりお勧めいたしません」

「ん？」

「酒精《エタノール》は寝つきを良くする場合もあるのですが、酒精が体内で分解されて生じる果酒精《アセトアルデヒド》は睡眠の邪魔をして眠りを浅くしてしまうので、睡眠の質を落としますから……」

「む……」

専門用語を使って窘《たしな》められると、なんとも反論しづらい。

クライヴが黙ってグラスをキャビネットの上に置くと、アイリーンがパッと目を輝かせてニコニコと笑った。

「お酒ではありませんが、ラベンダーやベルガモットに含まれる香気成分が、鎮静効果があり入眠を促すと言われています。今度、入眠効果のあるハーブでサシェを作りますので、使ってください！」

香水を作る調香師だったという彼女らしい発想だが、クライヴは寝つきが悪いわけではない。

「……入眠に困難は感じていない」

「……あ、そうなのですね……」

アイリーンがしゅんと残念そうに眉を下げるのを見て、クライヴはつい付け加える。

「……だが、サシェは悪くない。作ってくれれば、ぜひ試してみたい」

「っ！　はい！　お、お任せください！」

自分の一言で、しょんぼり顔から輝くような笑顔に早変わりするアイリーンに呆れながらも、それを可愛いと思ってしまい、クライヴは自嘲の笑みを浮かべた。

（……これが演技なら、むしろ賞賛に値するな……。そしてそれにまんまと心を動かされる俺は、まさに道化そのものだ）

先ほど、フレドリックと会話していた時の彼女の方が、よほど芝居がかっていた。

冷たい微笑みを浮かべ、『さすがはお兄様』とフレドリックを褒め称える様子は、クライヴに見せていた姿とは全く違っていて、別人なのではないかと思ったほどだった。

今ここで飼い主に懐《なつ》く仔犬のように、無邪気な顔でクライヴの一言一言に一喜一憂する彼女の方が自然に見える。

（……だがこれも、アイリーンの術中に嵌っている証拠なのだろうな……）

クライヴが彼女を信じたいと思っているから、そんなふうに感じるのだ。

愚かにも、クライヴにとってアイリーンは特別な存在になってしまっている。

愛する近しい人たちを自分のせいで喪って以来、クライヴの中には昏い疑問が居座るようになった。

――お前はなぜ生きているのか。

自分を愛してくれた人たちを喪って、独りで生きている理由はなんなのか。

人がなぜ生きるかなど、愚かな疑問だ。そんなものはない。人は生まれたら死ぬまで生きるものだ。人間だけじゃない。動物だって、植物だって同じだ。分かっている。

だがクライヴには、生きる理由がなかった。

生きることに喜びを見出せなかったのだ。

美味いものを食べても分かち合う相手がいない。勉強で良い成績をあげても喜んでくれる人がいない。嫌なことがあっても慰めてくれる人がいない。

毒を喰らって死にかけていても、泣いてくれる人はいなかった。

(俺が生きていても、誰も喜ばない。死んで喜ぶ人間は山のようにいる。それなのに、生きる理由などあるのか)

ずっとクライヴを蝕《むしば》み続けていたその自暴自棄な疑問を、アイリーンが払拭してしまった。

『もしあなたの幸福を許さないなんて言う人がいたら、私がブン殴ってやりますから、呼んでくださいね！』

いたずらっ子のような笑顔で、力こぶを作って見せながら言う彼女は、太陽のようだった。明るく清廉な輝きで、クライヴの中に凝っていた陰鬱な自己憐憫《れんびん》を消し去ってしまったのだ。

クライヴを敬愛すると真剣な表情で言い、クライヴのことをつぶさに観察していて、微細な変化にも気づいてくれて、大丈夫かと声をかけてきた。視線が合うと、嬉しそうに目を輝かせた。

自分の全てを肯定してくれて、剝き出しの好意を惜しみなく与えてくれるアイリーンのような存在は、クライヴが失くして久しい……そしてずっと欲しいと願っていた存在そのものだった。

（――あれも全て嘘だったのか）

胸の中に悲しみと怒りが湧き起こる。

「あのっ……！　今夜こそ、私は床で眠りますので！　殿下はどうか私のことなどお気になさらず、捨て置いてくださいませね！」

クライヴの、彼女を信じるか否かで揺れ動く心中を知らないアイリーンは、そんなことを言いながら、ベッドの傍の床に自分の羽織っていたガウンをせっせと敷き始めた。

また床で寝るつもりなのかと呆れつつ、クライヴは無言で彼女の傍にしゃがみ込むと、その小さな体を抱え上げる。華奢な体格の彼女は、まるで子どものように軽かった。

「ひゃ……えっ、で、殿下!? きゃあ!」

いきなり抱き上げられて驚くアイリーンを、ポンとベッドの上に放り投げた。

ベッドの上でボフッと跳ねた後、コロンコロンと転がっていく彼女の姿が可愛くて、うっかり頬が緩みながらも、クライヴはそれを追うようにして自分もベッドに上がる。

「あわわ……?」

抱き上げられたり放り投げられたり転がったりで、目を回したらしい。アイリーンが情けない声を上げながら上体を起こそうとするのを、クライヴはその下半身に馬乗りになることで防いだ。

「……え、で、殿下……」

ベッドの上で男に馬乗りになられれば、さすがのアイリーンも異変を感じたようだ。しきりと瞬きをしながら、問いかけるような眼差しで見上げてきた。

「俺は妻を床で寝かせたりしない」

低い声で宣言すると、アイリーンはオロオロと視線を泳がせる。

「で、ですが、僕《しもべ》の分際で、恐れ多い……」

「君は俺の妻だ。僕《しもべ》などではない」

「つ、妻……」

アイリーンが、まるで初めて聞いた言葉のように鸚鵡返しをするものだから、クライヴの胸の中がモヤモヤとしてしまう。

（どうせ形だけの結婚だから、妻のつもりはなかったと言いたいのか。それともまだ〝僕《しもべ》〟だからとか訳の分からないことを言うのか）

怒り、悲しみ、虚しさ、悔しさ――いろんなものが綯《な》い交《ま》ぜになった負の感情が膨れ上がる裏側で、狼狽えつつも顔を真っ赤にしてこちらを見上げるアイリーンが、『ものすごく可愛いな……』などと呑気なことを考えてもいた。

（どうして、君は敵なんだろうか）

ごちゃまぜだった感情の中から、不意に悲しみだけがポロリとこぼれ落ちるように、クライヴの胸中に落ちた。

（アイリーンがボーフォート伯爵の娘でなければ、こんな気持ちにはならずに済んだ。心のままに、君を愛することができたのに……）

そう考えて、クライヴはスッと霧が晴れたような気持ちになった。

（――そうか、俺は……アイリーンを愛しているのか）

普通に考えれば、いくら欲しい言葉をくれて、自分を肯定してくれる人であっても、それが敵で自分を欺こうとする人間だと分かっている以上、切り捨てるのが当然だろう。

切り捨てるということは、相手に無関心であるからできるのだ。

だがクライヴは無関心どころか、執拗《しつよう》にアイリーンのことばかり考えていた。しかも、敵同士――だが可愛い、諜報員《スパイ》――だが可愛い、と堂々巡りになるような内容ばかりだ。

理屈に合わない自分の思考にうんざりしてしまっていたが、それが愛情からくるゆえであったのなら、得心がいく。古来より、恋は病だと言うではないか。

「君は俺の妻だ」

クライヴは淡々と繰り返した。

(そうだ。彼女は俺の妻だ。たとえ敵方の娘であろうと、俺を陥れようと企んでいても、俺の妻であることに変わりはない)

彼女が本性を現す時――すなわちクライヴを陥れようと行動するその時までは、自分の〝妻〟として扱って良いのではないか。

「せ、政略結婚の、妻と言われれば、そうですが……、ですが私はそのような恐れ多いことを望んではいませんので……。あ、あの……殿下……」

可哀想に、アイリーンは唐突な『妻』扱いに、すっかり狼狽えてしまっている。

だがクライヴは容赦しなかった。

「殿下、ではない。クライヴだ。俺は妻には名前で呼んでもらいたい」

「えっ!? む、無理です！ そんな恐れ多いこと……！」

アイリーンは目を剝いてブンブンと頭を振ったが、クライヴは三度繰り返す。

「君は俺の妻だ」

「そ、それはそうですが……！」

「俺は、妻に名前で呼んでもらうことを望む」

「ええ……」

情けない声で眉を下げるアイリーンに、クライヴは寂しげに半眼を伏せてみた。

「むろん、妻である君にはそれを拒む権利はあるが」

「こ、拒むだなんて……！　そんな恐れ多い！」

思った通り、寂しげな顔をした途端、アイリーンは慌てたようにまた『恐れ多い』を繰り返したので、クライヴはニコリと笑う。

「では、夫の望みを叶えてくれるか？」

「ぅヒィ……は、はぃ……殿下……」

なんだか小動物の鳴き声のような呟きを漏らしつつ、アイリーンが承諾した。

よし、この調子だ。

「殿下ではない。クライヴだ」

「う、うう……く、く……、ク、クライヴ……さま」

今にも消えそうな声だったが、初めてアイリーンに名前を呼んでもらえて、クライヴは満面の笑みを浮かべる。

「うぐぅ……ま、眩しい……溶けてしまう……」

アイリーンが妙なことを呟いているが、彼女の珍奇な言動にはもう耐性がついてしまっている。

「アイリーン、君は以前、俺に〝幸せになるべき人だ〟と言ってくれたな」

「え、は、はい！　そうです！　殿下は――」

「クライヴ」

「く、くぅ……く、クライヴ様、は、絶対に幸せになるべきです！」

彼女からもう一度同じ発言を聞けて、クライヴは目を細めた。

「君はそう言ってくれたが、俺は自分の幸せが何か分かっていない。ずっと生き延びるのに精一杯で、自分にとって何が幸福なのかと考える余裕がなかったんだ」

「……そう、なのですね」

クライヴの言葉に、アイリーンが痛ましそうに眉根を寄せる。その表情が真に迫っていて、本当に自分に同情してくれているようにしか見えず、クライヴは苦く笑った。

（……これが嘘であってもいい。その代わり、そうやって最後までずっと、俺に心を傾ける演技を続けたままでいてくれ）

そうすれば、たとえ陥れられて死ぬことになったとしても、アイリーンだけは自分の死を悼《いた》んでくれるだろうと、期待を抱いて死んでいける。

沈んだ顔をしていたアイリーンが、何かを思いついたのか、パッと顔を上げた。

「で、ですが、これからは！　騎士職を辞された今なら、ク、クライヴ様の幸せについて考える余裕ができるのではないでしょうか？」

クライヴを励まそうと必死になっている彼女の顔が、演技であろうとそうでなかろうと、非常に愛くるしくて、クライヴの胸がぎゅっと軋む。

「……そうだな。だから、それを見つけようと思う」

「ハイッ！」

「まずは、夫婦の幸福について、どんなものなのか知りたい」

「ハイッ……えっ？　夫婦？」

「俺には父以外、肉親と呼べる者がいない。全員、死んでしまったからな。家族の愛情や幸福というものを、妻である君が教えてくれると嬉しい」

「えっ……あの、それは……」

「俺を幸せにしてくれないのか？」

「……っ、じ、尽力しますぅ……？」

おそらく意味を理解しないまま請け負うアイリーンの顔に、クライヴは苦笑いを浮かべた。

そのまま顔を下ろしていくと、アイリーンがしきりに目を瞬きながら、焦ったような声を上げる。

「で、殿下……」

「クライヴだ」

「ク、クライヴ様、あの！　ご、ご尊顔が……あの！　美しいご尊顔が⁉」

「しぃっ……」

囁くように言いながら、クライヴは彼女の唇に自分の唇を重ねた。

＊＊＊

アイリーンは盛大にパニックを起こしていた。

（い、いったい何が起こっているの……⁉）

クライヴにキスをされている。柔らかくて温かい感触が自分の唇に押し当てられていて、薄目を開けるとクライヴの黒い睫毛《まつげ》が見えた。至近距離すぎてぼやけてはいるけれど。

（くくく唇が……クライヴ様の唇が……！）

他人の唇が自分の唇の上にある感触に――しかもそれがクライヴの唇だと思うと、脂汗《あぶらあせ》が全身から噴き出しそうだ。

何を隠そう、アイリーンには生まれて初めてのキスだ。二十三年間生きてきて、キスも未経験なのは大変な奥手であると分かってはいる。同い年の幼馴染はもう結婚して子どももいるくらいなのだ。

だがアイリーンにとって恋愛とは遠くにあるキラキラしたもので、自分にはあまり関係のないことだという印象だった。母が苦労して自分を育ててくれたのを見てきたので、誰かに頼らずとも、自分一人で生きていく道を確立することの方が大切だったからだ。

恋愛も結婚も縁遠いものだったというのに、何の因果か、今こうして夫（仮初）とベッドの上でキスをしている。なんてことだ。

クライヴに『夫婦の幸福について知りたい』と言われ、なぜかそれを教えることになった。政略結婚とはいえ、確かにアイリーンはクライヴの妻だ。だから夫である彼にそれを教えられるのは、現状アイリーンだけということになる。

（で、でも、私がそれを教えられるでしょうか殿下――!?）

アイリーンは結婚経験がない。いや今結婚しているけれど、これは政略結婚である。アイリーンにとっては大恩人で神様のような存在であるクライヴに対して、『自分の夫』であるなどと烏滸がましくも認識するなんてできるわけもなく、つまり現状結婚しているとは言えない状況なわけで、未経験者に『夫婦の幸福』を教えられるはずがないのである。

（や、やっぱりここは素直に〝私では力不足です〟って謝るべきよ……）

言わなくてはならないが、クライヴに唇を塞がれていてままならない。ならば、と顔を横に振ろうとした瞬間、歯列を割ってクライヴの舌がアイリーンの口内に侵入してきた。

「〜〜〜〜っ!?」

キスが初めてなのだから、他人の舌が自分の口内に入ってくる経験も当然初めてである。だが、さすがにそれなりにいい歳なので、キスに軽いものと深いものがあることくらいは知っている。

知ってはいるが、知っているのと経験するのとでは全く違う。

クライヴの舌のぬるりとした熱い感触に怯え、ビクッと体を震わせた後、硬直してしまった。

アイリーンの反応に気づいたのか、クライヴが喉の奥でくつりと笑って、大きな手で頭を撫でてくれた。

その温かさにアイリーンがそっと目を開くと、狼のような金色の瞳が見えて、ドキリと心臓が鳴る。クライヴの瞳は不思議な色だ。その虹彩は、まるで発光しているかのように煌めく金色をしているのだ。

(……金色の瞳はよく『狼の目』に喩えられるけれど、クライヴ様の目は狼というよりは、太陽の光のよう……)

鮮やかな夜明け——暁《あかつき》の空の色だ。

半ばうっとりとその瞳に見入っていると、クライヴがその目を細めてまた舌を蠢《うごめ》かし始めた。

「んっ……う、ぅん……」

アイリーンは鼻声で小さく呻いたが、頭を撫でるクライヴの手が優しくて、もう怖いとは思わなかった。

優しく舌を絡められて、それに応えようと自分も舌を動かしているうちに、夢中になっていった。アイリーンの動きで緊張が解けたのが分かったのか、クライヴの動きに容赦がなくなっていく。激しく絡められ、呼吸すらままならず、アイリーンは喘《あえ》ぐように鳴いた。

「ん、はぁっ、く、クライヴ、さまっ……！」

「まだだ、アイリーン、逃げるな」

空気を求めてクライヴの唇から逃げるように顔を背けるが、顎を摑まれて引き戻されてしまう。

「んぅう……！」

再び唇を塞がれて、お仕置きとばかりに下唇に歯を当てられた。歯の硬質な感触に、本能的な恐怖が込み上げたが、同時になぜかお腹の底がジクリと疼いた。

「いい子だ」

キスの合間にそんなことを囁かれ、アイリーンは酸欠でクラクラしながらも、嬉しくて頬が緩む。敬愛するお方から、『いい子』だと褒められるなんて、嬉しくないわけがない。

主人に褒められた犬のようにクライヴを見上げると、彼は少し困ったように笑った。

「すまない。雰囲気を台無しにするのは気が引けるんだが、俺は力が強くてな。引っ張れば破いてしまいそうだから、一度起きてくれるか」

「……？」

何のことを言われているのか分からなかったが、「これだよ」とクライヴがアイリーンの肩を指したのでそちらを見た。すると彼の手がアイリーンの夜着を肩から下ろそうとしていた。

クライヴが自分の夜着を脱がそうとしているのだと分かり、今更ながらボッと顔に血が昇る。

（クライヴ様に私の裸を見られる……!?　む、無理無理無理無理！　こんな、日に焼けて真っ黒な上に、農作業であちこちにアザや傷ができた汚い体、お見せできるわけがないっ！）

では体がきれいならば見せられるのかと言えば、多分できないが。

繰り返して言うが、クライヴは神様のような存在だ。高貴で神聖な彼の目に、自分のような小汚い身を晒して良いわけがない。

焦って身を起こすと、自分を抱き締めるように両腕を交差させた。

「あっ、あのっ!?　わ、私の裸なんて見苦しいものを、クライヴ様にお見せするわけにはっ……！」

ぎゅっと夜着を摑んだアイリーンの手を、クライヴが腕を伸ばしてそっと包む。そして低い声で囁くように言った。

「見たい」

アイリーンはさらに混乱した。

クライヴの表情は、至って真摯だ。美貌の人の真顔には神々しい迫力がある。そんな神様のように清らかな美貌で、彼は今なんと言ったのだろうか。

混乱したまま固まっているアイリーンに、クライヴがもう一度言った。

「君の裸を見たい」

待ってほしい、切実に。頭が混乱しているし、色々と心の準備ができていない。

「は……いや……あの……」

「見せてくれ」

「は、恥ずかしいので……」

「そうか、ならば俺も脱いでしまおう」

そう言うなり、クライヴはガバリと大ぶりな身動きで、着ていた夜着をサッと脱ぎ去ってしまった。

「キャーッ！」

目の前に軍神もかくやという肉体美が晒されて、アイリーンは両手で目を覆いながら悲鳴を上げる。

(逞しい肩の筋肉とか、盛り上がった分厚い胸板も、引き締まってボコボコとしたお腹など、見えなかったです、見てません！　ごめんなさい、お母さん！)

心の中で何故か母に謝ったが、きっと天国で母は困惑していることだろう。

だが上半身しか見ていない。下半身に視線が行く前に目を閉じた。乙女としての尊厳は守られたはずだ(？)。

「どうしていきなり全裸なのですか！」

「俺は寝る時には何も身につけないからな。初夜の時は君の前だから仕方なく下穿きを穿いたが……」

確かに初夜の翌朝、目覚めた時のクライヴは上半身裸だったが、下は穿いていてくれた。あれは気遣いをした上でのことだったのか。

「ほら、俺は脱いだぞ」

だから君も、と言わんばかりに詰め寄られ、アイリーンは眩暈《めまい》がしそうだった。

これは脱がねばならない状況なのだろうか。医学や薬草学に関しての知識はそれなりにあるが。夫婦の閨事《ねやごと》については真っ白なので判断できない。

（無理無理無理無理、やっぱり無理……！　クライヴ様と私が、ね、閨事なんて、そんなの無理よ……！）

アイリーンにとって神様のような存在であるクライヴと、自分がそんなことになるなんて、ありえないことでしかない。だって神様だ。天上の方々で、自分などその姿を拝見することすらできない、声を聞くことすらできない、手の届かない存在だ。

（私がこうしてお傍にいるのも、偶然が重なってものすごい幸運に恵まれただけのこと。それなのに……）

本来ならば触れることすらできないお方に――と思ったところで、先ほどそのお方とキスをしてしまったことを思い出し、アイリーンは叫び出したい衝動に駆られた。

（あああああ、やっぱりだめよ……いけない、こんなこと……！）

やはり『力不足です』と正直に訴えてみよう、と目を覆っている手の隙間からクライヴの方を窺えば、彼はじっとこちらを見つめていた。

「アイリーン、どうしても無理だと言うなら、無理強いはしないが……」

「クライヴ様は無理強いなんてなさっておられません！」

アイリーンは咄嗟にカッとなって否定してしまった。

女性に無体を働くような輩と、クライヴを一緒にしてほしくない。それがたとえクライヴ本人であっても。

すると彼はにっこりと笑って「そうか」と頷いた。

その笑顔を見て、アイリーンは盛大に臍を嚙む。

(あああ、私のばか……！)

今ので無理だと言いにくくなったではないか。

自分で自分の首を絞めてしまったが、こうなった以上腹を括《くく》るしかない。

(これは任務……私の邪念や雑念などどうでもいいこと。心頭滅却《しんとうめっきゃく》し、クライヴ様に〝夫婦の幸せ〟を知っていただくという任務に徹するのよ……！)

心の中で覚悟を決めたものの、やはり彼の目の前で脱ぐ勇気が出ず、アイリーンは小声で訊ねた。

「う、後ろを向いて脱いでもいいですか……」

「往生際が悪いな」

「え」

今何か聞こえたが。

「いや、どうせ見ることになるが……まあいいだろう」

そう許可を出すクライヴは、揶揄《からか》うような、少しだけ意地悪な笑みを浮かべていた。

ドキンと心臓が鳴って、アイリーンはそれを誤魔化すように後ろを向いて夜着の袖《そで》を下ろす。

（……何、今のお顔……）

あんな表情は初めて見た。クライヴはいつも少し眉間に皺を寄せた厳しい表情をしていて、どちらかというと近寄りがたい雰囲気の人だ。だが不意に見せてくれる微笑みはとても優しく慈愛に満ちていて、そのギャップで皆、心を鷲摑みにされてしまうのだ。

だがさっきのは、その微笑みとも違っていた。

冷笑とも嘲笑とも違う、いたずらを企む少年のような微笑みだった。

ずっと手の届かない尊い存在だったクライヴが、急に身近に感じられて、どうしようもなく胸が高鳴ってしまう。

（な、何をばかなことを！　クライヴ様を身近だなんて！）

アイリーンはブンブンと頭を振って自分の胸の裡を否定すると、勢い余って夜着をえいやっと脱いでしまった。

何も覆われていない素肌が空気に晒され、自分でやっておいてヒヤリと肝が冷える。

自分の裸の背中を、今、クライヴに見られているのだと思うと、緊張で喉がひりついた。

彼の方を向かなくてはと思うのに、体が動かない。

（……こんな汚い体をお見せして……、どうしよう、どう思われたかしら……？）

ゲインズボロにやって来てからは、風呂の度にメリンダが香油を塗ってくれるのでだいぶマシになったが、それまでの生活ではなんの手入れもしていなかったし、屋外の作業で日に焼けっぱなしだったアイリーンの肌は、小さなそばかすがたくさん散っている。

貴族の男性は雪のように真っ白な肌を好むらしく、貴婦人や令嬢たちは日に焼けないように帽子や日傘を欠かさないのだと、ボーフォート伯爵家の家庭教師《ガヴァネス》にイヤミったらしく教えられた。

それに、先日までの農作業で、体のあちこちに痣や傷がたくさんできている。

クライヴに釣り合う——本物の貴族の令嬢ならば、もっと美しい体をしていただろうに。

そう思うと、恥ずかしさと惨めさで、泣きたいような気持ちになった。

後ろを向いたまま動けずにいると、やがて衣擦れの音がして、そっと肩に温かい手が置かれた。

「きれいだ」

低い声で囁かれ、アイリーンはいつの間にか詰めていた息を吐き出した。

「……っ、き、れいでは、ないと、思いますが……。日焼けしていますし、痣だって、ありますし、汚いです。こんな体で、あの……ごめんなさい」

「痣……？　ああ、確かにあるな。……ここと、ここか……」

言いながらクライヴの手が移動して、痣のある場所——背中と脇腹に、ゆっくりと掌で触れていく。優しく撫でるようなその感触に、アイリーンはビクッと体を震わせた。

「だが、これは君が我が領民のために懸命に働いてくれた証拠だ。汚いどころか、美しいよ」

「……っ、そんな……」

優しい言葉に、アイリーンはうるっと目頭が熱くなる。

「慰めてくださって……」

「慰めじゃない。この日に焼けた肌も健康的で美しい」

「健康的……」

そんなふうに思ったことがなかったアイリーンは、確かにボーフォート伯爵夫人の青白い肌を見て、貧血を起こしているのかと心配したのを思い出した。

「そうだ。青白い肌よりも、俺はこちらの方が好みだ」

クライヴはひどく柔らかい口調でそう言って、アイリーンの肩に口付けを落とした。

柔らかく温かい唇の感触に、心臓が跳ねる。

「この栗色の髪も、この華奢な体も、俺にはとても好ましい」

言いながら、クライヴはアイリーンの体をひょいと抱き上げて、胡座《あぐら》を掻いた自分の脚の上にのせた。

「――クライヴ様っ!?」

お互い裸でそんな体勢になれば、お互いの体が密着してしまう。

その上お尻に熱くて硬い何かが当たって、アイリーンはギョッとなった。そこに自分の体重をかけていいものなのだろうか。

アイリーンの動きで、何を気にしているのか分かったのだろう。

クライヴが当然のように「はは」と笑った。

「これは自然現象だから許してくれ。新妻《にいづま》と睦《むつ》み合って、こうならない新夫《しんぷ》はいない」

「そ、そうなの、ですか……」

アイリーンの言葉に、クライヴが顔を寄せてキスをしてきた。優しく啄《ついば》むようなキスの後、金色の目で甘く見つめられる。

「その上、君がこんなにきれいだから、俺は興奮し通しだ」

「こ、興奮……」

むろん、この場面では性的興奮のことだろう。

だがそう言われても、アイリーンにはピンと来なかった。クライヴが性的に興奮する姿も、その相手が自分であることも、想像の域を超えていたからだ。

アイリーンの様子から、それが伝わったのだろう。クライヴはやれやれとでも言いたげに小さく息をついた。

「分からないか。なら、体で理解すればいい」

「体で……？」

「そう。俺を、その体で覚えてくれ」

艶やかな囁き声と同時に、クライヴにもう一度唇を塞がれる。今度は先ほどとは違って、すぐに深いキスになった。舌を差し込まれ、絡められて、擦り合わされる。

舌先で上顎を擽《くすぐ》られると、ゾクゾクとした快感が背筋を走り抜け、思わず顎《おとがい》を反らす。するると胸を張るような体勢となり、ふるりと裸の乳房が揺れた。

その乳房を、クライヴの乾いた手が掬い上げるようにして摑む。アイリーンはさほど胸が大きい方ではないので、その大きな手には物足りないかもしれない。

だが彼はそんなことは気にならぬと言わんばかりに、それをおもちゃのように何度も揉みしだき、やがてその中央にある赤い尖りを指の間に挟んだ。

「んぅっ」

強い快感が胸の先に走って、アイリーンは鼻声で悲鳴を上げる。

クライヴはその反応が楽しかったのか、ニッと金の目を細め、今度は両方の乳首を指で捏《こ》ね回し始めた。

「んっ？　うぅうっ、んぅ！」

片方だけでも十分に強い刺激だったのに、両方を一度に弄《いじ》られると痺れるような快感がアイリーンを襲った。下腹部がじんじんと疼き出し、体の芯が熱した蜂蜜《はちみつ》みたいに蕩《とろ》けていくような心地がした。

（あっ……なに、これ……。お腹の中、きゅんきゅんする……）

経験したことのない快感に、アイリーンの頭の中がぼうっと霞がかってくる。

クライヴの指が乳首を転がしたり抓ったりする度、腹の奥からとろりとした何かが溢れ出すのを感じた。全身の肌が鋭敏になっていて、身動《みじろ》ぎで背中や腰がクライヴの肌と擦れる感触にも快感を覚える。何かがもどかしくて堪らないのに、それが分からない。

くたりと背中をクライヴに預けると、彼がクスリと笑う気配がした。

「胸だけでこんなになって……可愛いな、アイリーン」

キスの合間に甘く名前を呼ばれ、アイリーンはそれだけで嬉しくなってしまう。

(多分私は、クライヴ様がしてくださることなら、なんだって嬉しい……)

他の人がこんなことを言っていたら、『しっかりしなさい！』と叱り飛ばしたに違いない。だがアイリーンにとって、クライヴは神様で、主人で、恩返しをする相手なのだ。たとえ盲目的だと言われようとも、それで構わない。それくらい、クライヴはアイリーンの全てなのだ。

「ああ、クライヴ様……」

嬉しいからなのか、涙が勝手に込み上げてきて目を潤ませる。

涙目でクライヴを見ると、彼はあの意地悪な眼差しをしていて、アイリーンはまた心臓がドキドキと高鳴るのを感じた。心臓がきゅうきゅうと軋んでいる。この意地悪な眼差しをしたクライヴに惹きつけられてしまうのは、どうしてなのだろう。

「キスがしたい？　それとももっと触ってほしい？」

唇が触れる寸前まで近づいて、クライヴが訊く。

意地悪な質問だ。どちらも欲しい。キスも、胸への愛撫も、頭がどうかなりそうなほど気持ちが好いのに、選べるわけがない。

フルフルと頭を振ると、クライヴが「おや」と眉を上げる。

「どっちも要らない？」

アイリーンはまた頭を振った。

「言わないと分からないな。どちらもやめてしまおうか」

肩を竦めると、クライヴは胸を弄っていた手を止めてしまう。先ほどまで与えられていた快感が無くなり、熱く疼く体を持て余したアイリーンは半分泣きながら訴えた。

「ど、どっちも……どっちも、欲しいです！」

ようやく欲望を口にすると、クライヴはニイッとその目を三日月のように細める。

「よく言えたな。ご褒美をやらなくては」

言いながら、クライヴは噛み付くようなキスをくれた。舌を捩《ね》じ込まれ、荒々しく口内を蹂躙《じゅうりん》される。その動きに必死についていこうとしていると、クライヴの手が太腿を這う感触に気づいた。乾いた熱い手で撫でられるだけで、どうしてこんなに快感を拾うのだろうか。

アイリーンの体はクライヴの手の向かう先がすでに分かっていて、今か今かとそれを待ち望んでいる。お腹の奥が痛いほどに疼いて、病気なのではないかと思ってしまうほどだ。柔らかな茂みを指が這い、僅かな時間そこで戯《たわむ》れた後、中指がその場所に触れる。指が掻き分けるように花弁を開くと、くちゅりという粘着質な水音が立った。

ふ、とクライヴが吐息で笑い、唇を合わせたままくぐもった声で囁く。

「濡れている」

揶揄うような口調だった。

それにまたきゅうっと心臓が軋み、アイリーンのお腹の奥が絞るように収斂《しゅうれん》する。

体中の細胞の全てが、クライヴの愛撫を待ち望んで、ピリピリと張り詰めているのが分かった。

（欲しい……欲しい、欲しい……！）

何がそんなに欲しいのかも理解しないまま、アイリーンは強請《ねだ》るように名を呼んだ。

「クライヴさまぁ……！」

「ふ、可愛いな。まだ触れてもいないのにこんなに濡らして……」

まるで猫の子でも愛でるように言うと、クライヴは花弁の奥の泥濘《ぬかるみ》へ指を挿し入れる。

「ん、んっ……！」

異物が未通の隘路《あいろ》を割るようにして侵入してくる感覚に、痛みはないけれど、違和感に眉根がぎゅっと寄った。だがその直後、親指の腹で蜜口の上の蕾《つぼみ》を捏ねられて、ビクンと体が波打つ。

「ヒァッ……！　ぁっ、ああっ、だめ、それ、気持ちい……ッ」

強烈な快感に、目の前に白い火花が散った。

そのまま左右に嬲るように甚振《いたぶ》られて、アイリーンは仔犬のように鳴いた。

クライヴは外で肉粒を虐める一方で、中では根本まで挿し込んだ指を蠢かせ蜜筒を押し広げる。腹側をぎゅうっと押されると、排尿にも似た快感に媚肉が戦慄《わなな》き、じわりと蕩けるように愛蜜を吐き出すのを感じた。

「あっ、だめ……クライヴさま、私、何か、へんですっ……」

やまない愛撫に、身の内に溜まった熱が白く発光していく。

体が弾け飛びそうな予感に、アイリーンは縋《すが》るようにクライヴに手を伸ばした。

クライヴはその手にキスをしながら、優しい声で囁く。

「変じゃない、そのまま委ねていい」

その囁きの吐息が肌を撫でる感触にパチンと愉悦の糸を弾かれて、身の内の熱の塊が爆発する。

「あっ、ああっ、だめ、あああぁ……ッ」

真っ白な絶頂に押し上げられ、アイリーンは背を弓形にしてビクビクと四肢を痙攣《けいれん》させた。ドッと汗が噴き出して、全力疾走をした後のように心臓が鳴っている。絶頂の快感は稲光のように一瞬で、後にはその名残りのような穏やかな気持ち好さが、粉雪のように全身に降っては溶けて消えていく。

初めて経験する絶頂後の気怠さに、半ば呆然と浸っていると、ポスッとベッドの上に仰向けで寝かされた。

その上に伸し掛るようにして、クライヴにキスをされる。

ちゅ、と可愛い音を立てた軽いキスに、アイリーンはとろりとした眼差しを向けた。

「可愛かった」

「……」

甘い声で言われて、『何がだろう』と回らない頭で考えていると、膝を立てられて脚を開かれる。驚いて上体を起こすと、視線の先にクライヴの下半身があって息を呑んだ。

雄々しく勃《た》ち上がり、腹に付くほど反り返ったそれは、言うまでもなく男性器だろう。人間のものを見たことは一度もないが、馬や犬のものは見たことがあるし、知識としては知っていた。

（え、でも待って、こんなに大きいものなの……!?）

これが自分の女性器の中に挿入されるということだ。

（え、どういうこと？）

どう考えても、凸と凹のサイズが合わない。入るはずがないという長さと大きさなのである。無理ではないか？　それともこれは実は男性器ではない？　あるいはこの後サイズが縮んでくれるのか？

疑問符がいくつも頭の中に湧いてきて、アイリーンは狼狽えた。

「……ク、クライヴ様……あの……」

掠れた声になりながらも訊ねようとしたが、微笑んだクライヴにキスで唇を塞がれた。

「んっ……」

宥《なだ》めるように優しく舌を撫でられると、それだけで疑問がどこかへ飛んでいってしまう。

「すまないな。これ以上は我慢できない」

キスを終えて、クライヴが何かを押し殺したような声で言った。

彼のそんな切羽詰まった声を聞くのも初めてで、またアイリーンの心臓と下腹部がきゅうっと軋んだ。

「……我慢、しないでください」

クライヴだったら、何をされてもいい。

（……あなたにだったら、殺されたっていいんです）

あの凶器のようなもので殺されることになったとしても、構わない。

言えば叱られそうだな、と思ったから、口にはしなかった。

　クライヴは困ったような苦い笑みを浮かべた。

「男にそんなことを言うものじゃない。壊されても文句は言えないぞ」

「壊される……のですか？」

『殺される』のではなく『壊される』のか、と瞬きをすると、彼はアイリーンの額に唇を落とす。

「壊したくない。俺には、君だけが唯一の、妻だ」

　狼の目で見つめられながら言われて、アイリーンの胸に歓喜が広がった。

　これは政略結婚で、本当の夫婦ではないと思っていた。そんなことを思うのは恐れ多く烏滸がましいことだし、クライヴにとっては意に染まぬ結婚相手だ。妻だと思ってほしいなどと、考えたこともない。

（それなのに、唯一の妻だと言ってくださるのですね……）

　きっとクライヴにとっては事実の確認のようなもので、他に選択肢がないというだけのことなのだろう。

　それでも、アイリーンにとっては宝石のような言葉だった。クライヴの中で、敵の娘として終わるのではなく、彼の妻として、ほんの一部だけでも記憶に残れるかもしれない。

　そう思えるだけで、これ以上何も要らないと思えた。

「挿《い》れるぞ」

直接的な表現で短く宣言すると、クライヴはアイリーンの膝を摑んで脚をより大きく開かせる。まるで赤ん坊のおむつを替える時のような格好にされて、カッと顔に朱が走った。

自分の秘めた場所が丸見えになってしまっている。

彼にそこを晒していると思うだけで、頭が沸騰しそうだった。

クライヴの屹立が、溢れた愛液を自身に擦りつけるようにその上を前後した。

「……っ」

自分の腹の上にのる熱くずっしりと重い感触に、ごくりと喉が鳴る。

それが恐怖からなのか、期待からなのかは、アイリーンにもよく分からなかった。

やがて十分に粘液を纏った熱杭が入り口にあてがわれる。ぐっ、ぐっ、と狭い孔を押し広げるようにして、クライヴがまた腰を前後させた。その律動だけで、自分の腹の内側がぎゅうぎゅうと収斂する。アイリーンの体が、早く彼を受け入れたいと騒いでいるのだ。

幾度も秘裂に擦り付けるだけだった肉竿が、ついにぐぷりとその切先を中に収めた。

「このままいくぞ」

呻くように言ったクライヴの額には玉の汗が浮いていて、その眼差しはギラギラと底光りしている。獲物を狙う肉食獣のような目に、アイリーンはゾクゾクとしながらも頷いた。

このまま、彼に頭から齧《かじ》り付かれそうだった。

「良い子だ」

彼は低い声で呟くと、鋭く腰を打ちつけて自身を隘路《あいろ》の中に根元まで押し込んだ。

「ヒ、グゥッ！」

鮮烈な痛みがアイリーンの全身を走り抜け、獣じみた悲鳴が喉から飛び出す。

これまで感じたことのない強烈な疼痛に、一瞬体が真っ二つに引き裂かれたのかと思った。だが実際にはそうではなく、気がつけばクライヴに覆い被さるようにして抱き締められていた。

「痛かったな、すまない」

謝りながら何度も頭を撫でられているうちに、痛みは波が引くように静かに消えていく。

あれほど痛かったのに、と不思議に思ったが、破瓜の痛みとはそういうものなのかもしれない。

「……もう、大丈夫です」

小声で伝えると、クライヴは「無理をするな」と言って動こうとしなかった。

「本当に、もう大丈夫なのです。もう、痛みは引きましたから……」

強いて言えばそこが圧迫感で苦しいが、我慢できないほどではない。

アイリーンの言葉に、クライヴは苦く笑って額に唇を落とす。

「……わかった。ゆっくり動くから、痛かったら言ってくれ」

顔や首筋に啄むだけのキスをいくつも落としながら、クライヴが律動を始めた。

引いては寄せる穏やかな波のように、張り詰めた漲りがアイリーンの中を行き来する。その度に淫靡な水音がして、否が応でも自分が今そういう行為をしているのだと突きつけられて、恥ずかしさに顔を覆いたい気持ちにさせられる。けれど同時に、それをクライヴとしているのだと思うと、得も言われぬ幸福感が胸に膨らんだ。

腰の動きを止めないまま、クライヴが柔らかく揺れる乳房を揉みしだき、乳首にむしゃぶりついてくる。熱く濡れた口内の感触に、アイリーンの皮膚がブワッと粟立った。硬く凝ったその蕾を尖らせた舌先で転がされて、破瓜の痛みで霧散していた快感が蘇ってくる。

太い熱い杭でみっちりと満たされた蜜路が、じゅわりと潤んで柔らかくなった。

「……んっ、ぁあっ、ふ、あ、や、ああ……」

乳首を弄られ、内側を掻き回されて、アイリーンの口から甘い嬌声が漏れ出る。

汗に濡れたクライヴの熱い体から彼の匂いがして、眩暈がしそうだ。今こうして自分に触れているのがクライヴなのだと分かっているのに、妙な実感を得てアイリーンの胎《はら》の奥が悦びにきゅうきゅうと締まる。

「……クソッ」

動いていたクライヴが息を呑み、小さく悪態をついた。

「いくぞ」

短くそう告げると、彼はアイリーンの膝を自分の肩にかけて猛然と動き始める。

「あっ、ぁあっ、ヤァッ、あぁっ、くら、クライヴッ、さまぁっ」

腰と腰がぶつかり合う激しい音と、ベッドの軋む音が部屋の中に響いた。

重く鋭い突きで最奥を何度も穿たれ、鈍い痛みと同時に痺れるような快感がアイリーンの脳を犯していく。

張り出した雁首で膣壁をこそがれ、胎の奥からどぷりと淫液が溢れ出す。凶悪なまでに大きい陰茎を咥え込み、粘膜が引き攣れるほど広げられているのに、媚襞は健気にクライヴに絡みつき纏わりついていった。

「ああ、脳が焼き切れそうだ……！」

クライヴが呻くように言って、さらに穿つ速さを上げる。

膣内《ナカ》をもみくちゃに蹂躙され、アイリーンは何が何だか分からなくなった。突き上げられる度に頭の中を直撃するような快感に襲われ、全身の皮膚がビリビリと鋭敏になっていく。クライヴが触れる全ての場所が火を付けられたように熱く感じ、そこからまた愉悦の炎が燃え上がった。

まるで体中に、クライヴの焼印を捺《お》されているかのようだった。

「ああっ、ぁっ、やあ……いぃ、こ、われる、壊れちゃう……あぁぁッ！」

強く激しく出し挿《い》れされ、幾度も胎の一番奥まで余すところなく擦られて、強すぎる快感に蜜筒がわなわなと痙攣し始める。自分を犯す雄蕊《おしん》を喰い締めるように引き絞るのが分かった。全身から汗が噴き出し、心臓の音が耳元でドクドクと響くようだ。

「っ、アイリーン……！」

小さく叫ぶようなクライヴの声がして、深く重い一突きで根元まで沈められた彼自身が、アイリーンの胎の内で弾けた。

それと同時に、アイリーンもまた高みに駆け上がる。

愉悦の光で真っ白になっていく視界を美しいと感じながら、ゆっくりと瞼を閉じたのだった。

＊＊＊

全身に重く纏わりつく水の中でもがく夢を見ていたアイリーンは、唐突に目覚めた。

ハッと息を吸い込んだ後、目を閉じてそれをフーッと大きく吐き出す。

（なんだろう……溺れている夢を見ていたような……）

つい今し方見ていたはずの夢なのに、内容はもう忘れている。よくあることだが、なんだか奇妙な心地がした。

改めて瞼《まぶた》を開くと、そこには見慣れない天井があってギョッとする。四方を光を遮るカーテンで覆われているこれは、天蓋だ。アイリーンが使っている寝室のベッドには天蓋が付いていないのだ。

(こ、これは、クライヴ様のベッド……！)

初夜の際に一度だけ見たことがあったから覚えていた。

(そうだ、私、昨夜はクライヴ様と……)

フレドリックが滞在しているため、夫婦らしく同じ寝室を使わなくてはとマーカスに言われて、クライヴの寝室で寝ることになったのだ。

一つ思い出すと、それに付随する記憶が一気に蘇る。

(——あっ……私……！)

クライヴに抱かれたことを思い出し、アイリーンは咄嗟にガバッと起き上がった。

「痛ぁああっ！」

体を動かしたと同時に、全身に筋肉痛のような痛みが走って悲鳴を上げる。

「い、痛い……！　ヒィ……、な、何これ……？　動けない……？」

四肢がギシギシと引き攣り、腰は炎症を起こしているように熱く重怠い。そして脚の間には、まだ何かが挟まっているかのような違和感があった。

下半身を中心に、痛みと倦怠感で体が全く言うことを聞いてくれない。

落馬した怪我人のような有様に呆然としていると、寝室のドアが開いてクライヴが現れた。彼は、ベッドの上で生まれたての子鹿のようにプルプルとしているアイリーンを見つけると、柔らかな笑顔を浮かべた。

「起きていたのか、アイリーン」

「ク、クライヴ様……、申し訳……！」

クライヴよりも後で目を覚ますという為体《ていたらく》に、サッと顔を青ざめさせたアイリーンだったが、笑顔のクライヴに額にキスをされた。

「…………？」

今何をされたのだろう。おでこにキスをされた？　そんな愛し合う夫婦のような行動を？　クライヴ様が？

一瞬で頭が動かなくなり、目を点にして固まっていると、心配そうに顔を覗き込まれた。

「体は大丈夫か？　昨日はずいぶんと無理をさせてしまった」

ただでさえ麗しい美貌が、なぜか今日はその威力を増して眩《まばゆ》いばかりだ。後光が射していると錯覚するほどに。

アイリーンは思わず目を細めてしまいながら、ブンブンと首を横に振った。

「むっ……無理などとんでもないです！　体もなんともありません！　私は丈夫だけが取り柄ですので！」

「そうか？　だが……」

「大丈夫ですよ！　ほら！」

なおも心配そうなクライヴに、大丈夫なところを見せなくては、とベッドから降りようとしたのだが、足が立たずそのままストンとベッドの脇に座り込んでしまった。

「……あれ……？」

思うように動かない自分の体に困惑していると、クライヴがフッと笑う。

「どうやら、大丈夫ではないようだな」

笑いを噛み殺すような表情に、アイリーンはやや呆然とその美しい顔を見た。

（どうして少し嬉しそうなのですか、クライヴ様……）

腰が抜けてモタモタする姿を見るのが楽しいということだろうか、イヤ、クライヴ様はそんな意地悪なお方ではない！　などと考えていると、クライヴがスッと屈《かが》み込んでひょいとアイリーンを抱え上げた。

「わっ、だ、大丈夫です！　自分で……」

「立てないから座り込んでいるのだろう？」

「うっ……」

彼の手を煩わせるのが申し訳なくて言ったが、すぐに切り返されて口を噤む。

申し訳ありません、としょんぼりと口を噤むと、クライヴはアイリーンをベッドにのせ、その背中にクッションを詰めたり掛布をかけたりしてくれた。

「ひゃあ、あの、自分で……自分でやりますので……！」

（クライヴ様に世話をしていただくなんて恐れ多い……！）

世話を焼かれて、アイリーンは半泣きでそれを固辞しようとした。

するとクライヴはスッと隣に腰掛けて、少し悲しそうに笑った。そしてアイリーンの顔にかかった一筋の髪をそっと摘んで除けてくれる。

「そう言ってくれるな。妻の世話をする喜びを味わいたいんだ」

「はっ……は、い……？」

「これも夫婦の幸せの一つだ」

そうだろう？　と子どもに言い聞かせるように言われて、アイリーンはコクコクと首を上下させる。言われた内容は頭に入ってきてはいない。こちらを見つめるクライヴの微笑があまりに麗しくて、それどころではなかった。

微笑みが艶っぽいというか色っぽいというか、見ているだけでドキドキしてしまうほど甘ったるいのだ。彼から色香が滴るように出ているような気がするのだが、気のせいだろうか。

しどろもどろになっていると、クライヴは笑みを深めた。

「それに、君の足腰が立たなくなったのは、俺のせいだからな。責任を取るのが筋というものだろう」

「〜〜〜っ」

昨夜の情事を仄めかされて、頭の中にその時の生々しい記憶が一気に蘇った。

顔を真っ赤にして絶句するアイリーンに、クライヴが満足そうに笑い、今度は頬にキスをされる。

「今日は一日休んでいるといい。今朝食を持ってこさせよう」

「そ、そんな……」

「いいから、言うことを聞きなさい」

優しく命じられて、アイリーンはオロオロしながらも頷くしかなかったのだった。

その後も、クライヴは甲斐甲斐しくアイリーンの世話をし続けた。

起き上がれるようになっても、まだ心配だからと片時も離れようとはせず、客人であるフレドリックの前でもそんな状態だったので、アイリーンは居た堪れない思いをすることになった。

フレドリックも驚いたようで、その鉄壁の作り笑顔が少々引き攣っていたように見えたのは、おそらく気のせいではないだろう。

「……いやぁ、殿下がこれほど愛妻家でいらっしゃるとは思いませんでした」

「そうだな、俺も自分が妻にこんなに夢中になるとは想像もしていなかったよ。だがそれも仕方ない。君の妹は男の理性を失わせるほど魅力的だからな」

臆面もなくそんなことを言われ、アイリーンはその場で気を失いたくなったものだ。

だがフレドリックは、アイリーンが上手くクライヴを手玉にとっていると思ったらしく、『体を使うのは上手いようだな。何よりだ』と満足そうに言い置いて帰って行った。

アイリーンはフレドリックの馬車を見送りながら、思い切り舌を出してやったが、幸いにして誰にも見られることはなかった。もう二度と来ないでほしい。

意外だったのは、フレドリックが去ってからも、クライヴの態度が変わらなかったことだ。

（てっきりフレドリックに仮面夫婦だと思われないようにするためかと思っていたのに……）

演技ではなかったことに、アイリーンの困惑は深まった。

クライヴは常にアイリーンを自分の傍から離さず、モンマルヴァの様子を見に行く時も必ず同行した。周囲も領主夫妻が四六時中一緒にいることに慣れたのか、アイリーンがクライヴの膝にのせられているのを見ても、もう誰も驚かなくなった。

やがてアイリーンが使っていた客室がきれいに片付けられ、自分の荷物は全てクライヴの寝室に移動されてしまったが、当然ながらそれを不思議がる者は誰もいない。

――アイリーンを除いて。

クライヴの態度の変化に、どうしても戸惑いを隠せなかった。彼から優しくされるのも、甘やかされるのも、どうしていいか分からなくなってしまう。

もちろん、嫌なわけでは決してない。

アイリーンはクライヴを敬愛している。彼のためならなんだってできるし、彼が幸せでいてくれることが、自分の幸せで、願いだと思っている。

だから、自分の幸せが何か分からないと言ったクライヴが、仮初の妻であるアイリーンを相手に幸せを擬似体験したいというなら、喜んで付き合おうと思った。

それが彼の幸福探しの一助となるなら、いくらでも『妻』の役を演じようと。

(……それなのに……)

クライヴに優しくされればされるほど、甘やかされればされるほど、アイリーンの心に不安が積もっていくのだ。

この不安が具体的に何なのか、アイリーン自身も理解できていない。

(クライヴ様の優しさを受け取っていいのは、私じゃない。これはいつか現れる、クライヴ様の本当の奥様が受け取るべきもの……)

それは最初から分かっていることだ。

これは政略結婚で、アイリーンは彼の本当の妻になることはできない。

そもそもアイリーンは平民で、王子であるクライヴの隣に立てるような身分ではないし、なにより彼を陥れようと企む政敵の娘なのだから。

　以前クライヴが『我々の結婚が無効になることは政治的に難しいだろう』と言っていたが、それは第一王子派と第二王子派が融和した前提の話だ。実際には第一王子派の連中はクライヴを陥れるために虎視眈々と謀略を練っており、融和など程遠い状況だ。

（国王陛下への献上品を使って〝呪詛〟の罪を着せようとしていることを考えれば、第一王子派はクライヴ様をなんとしても亡き者にしたいみたいだし……）

　王殺しはいかなる立場の者であっても極刑に処される。国王への献上品に呪詛、という設定から、クライヴに王殺しの罪を着せて処刑させたいのだ。おそらく、これまで幾度となく放った刺客がことごとくクライヴに返り討ちにされてしまったため、暗殺以外の方法で確実に殺したいということなのだろう。

　クライヴはこれまで、王妃によって多くのものを奪われてきた。母や乳母といった愛する者たちはその最たるものだろう。奪われ、殺されかけ、嵌められる――そんな殺伐とした人生を送っていれば、幸福が何であるか分からなくなっても仕方ないではないか。

（クライヴ様を殺させたりするものですか……！　私が絶対にさせない……！）

　それどころか、第一王子派を陥れ返し、その罪を暴いてやる。

　王妃たちは、これまでクライヴを苦しめ続けてきた報いを受けるべきだ。神が許そうと、国王が許そうと、自分だけは絶対に許さない。

——たとえその結果、自分が死ぬことになったとしても。

弑逆《しいぎゃく》の罪は、当人のみならず、一族郎党が処刑されるのが慣例だからだ。

アイリーンに献上品を用意させようとしているボーフォート伯爵家は実行犯とされるだろうし、間違いなく罪を免れない。その家の娘であるアイリーンもその類に漏れないということだ。

(王妃たちを断罪できれば、私もいなくなる。きっと罪人との結婚は無効とされるでしょうし、クライヴ様は新たに奥様をお迎えになるはずよ)

アイリーンのような紛い物ではなく、由緒正しい血筋の、彼に相応しい美しい令嬢を妻に迎え、本当の幸せを得ることができるだろう。

それを喜ぶべきだ。

アイリーンの望みは、クライヴが幸福になることなのだから。

(……なのに、どうして私は喜べないの……?)

胸が苦しい。クライヴの傍らに、自分ではない他の女性が寄り添っているのを想像するだけで、胸が千切れそうになってしまうのだ。

——この微笑みを、自分だけに向けていてほしい。

——愛おしむような優しいキスを、他の誰にもしないでほしい。

——夜毎情熱的に自分に触れるこの手で、他の女性に触れてほしくない。

クライヴに甘やかされる度に不安になってしまうのは、自分の醜い願望を口に出してしまいそうで怖かったからだ。

（ああ、私は、クライヴ様を愛してしまっている……）

自分の抱く感情が何であるかを理解して、アイリーンは泣きたくなった。自分が情けなかった。

敬愛する恩人としてではなく、一人の異性として、彼を愛してしまった。

傍でお仕えし、恩返しをするだけでいいと思っていたのに。

いつの間にこんなに強欲になっていたのか、自分でも分からない。

（……なんて罪深いこと。こんな気持ち、封印してしまわなければ……！）

自分がクライヴに相応しい人間でないことは、自分自身が一番分かっている。

平民だし、彼の敵だ。彼の幸福を願うなら、自分は彼の前にいるべきではない。

（命を救ってもらったご恩をお返しする。そのことだけに集中しなくては……！）

自分の気持ちなど、クライヴの命の前では瑣末《さまつ》なことだ。

考えるべきは、クライヴの命を救うこと。それだけだ。

アイリーンは意を決すると、マンスフィールド修道院のアントニアへ向けて手紙を認《したた》めたのだった。

第五章

国王の生誕祭は、フレドリックが去ってからちょうど一月後に、王城にて盛大に行われた。

王子であるクライヴはもちろん招かれ、アイリーンもその妻として同行し、生まれて初めて王城に入ることになった。

(うわぁ……、すごい……!)

ゲインズボロ城ですら広く大きいと思っていたのに、王城はその数倍大きく、華やかで豪華だった。内装も様々な趣向を凝らしてあるのが素人目にも分かるほどで、アイリーンは圧倒されて気後《きおく》れしてしまった。こんなとんでもない場所に、自分のような平民が入り込んでいいのだろうか。何か失敗してしまったらどうしよう、と不安が押し寄せてくる。

「アイリーン」

だが隣に立つクライヴが「大丈夫だ」と言うように名を呼んで微笑みかけてくれたので、ホッとして不安が霧散していくのを感じた。

「大丈夫だ。俺がいる」

頼もしく囁かれ、アイリーンは微笑んで頷くと、顔を上げて生誕祭の行われる舞踏室《ボールルーム》へと足を踏み入れた。

中では正装をした貴族たちがひしめくようにして、国王夫妻の登場を待っている。

王座の最も上座には、ヒョロリとした青白い顔の男性が立っており、こちらを睨むようにして見つめていた。

（……あれが第一王子のローレンス殿下ね……）

クライヴとは、兄弟とは思えないほど似ていない。異母兄弟ということもあって同じ歳のはずだが、少年のような体つきも相まって、クライヴよりも年下に見えた。

クライヴとアイリーンがその隣に辿り着くと、ローレンスはフンと鼻を鳴らす。

「まだ生きていたのか。ど田舎の辺境で、邪教徒にでも襲われて死ねば良かったのに」

出会い頭になんてことを言うんだ、とアイリーンは目を剝いたが、クライヴは慣れているのか平然とした顔で答えた。

「俺が屈強なことは、兄上が一番ご存じでしょう。俺が何人暗殺者を葬ったか、数えてみたことは？　邪教徒の襲撃程度で死ぬわけがない」

盛大なイヤミの切り返しに、アイリーンの方が驚いてしまう。

（クライヴ様でも、こんなことをおっしゃるのね……）

いつも穏やかで優しい彼の意外な一面を見られて、なんだか嬉しい。

喧嘩をふっかけてくる相手を無言でやり過ごすのも格好いいが、こうやってやり返す姿も頼もしく、胸がすくような心地がした。

ローレンスはといえば、白い顔を真っ赤にして体をワナワナと震わせている。

「貴様っ……！」

今にも摑み掛からんばかりの形相で唸り声を上げたが、何かを思い出したのか、フッと嘲笑を浮かべて肩を竦めた。

「その調子に乗った態度も、今の内だ」

小物感満載のセリフに、アイリーンが呆れて目を丸くした瞬間、国王入場の合図の音楽が鳴り響く。

舞踏室に集った全員が最上級の礼を取って頭《こうべ》を垂れる中、王座に着席した国王が声を上げた。

「今宵は私の生誕祭に集まってくれて感謝している。皆、存分に楽しんでくれ」

その挨拶の後、王太子であるローレンスが前に進み出て祝いの言葉述べる。

「陛下、七十二歳のお誕生日、おめでとうございます。陛下のご威光は今やこのバーガンディを超え、大陸全土に及んでおります。偉大なる陛下には到底敵いませんが、王太子として日々精進してまいります」

スラスラと述べる第一王子に、国王がうむりと一つ頷いた。

「本日はお祝いの品として、こちらを用意いたしました」

ローレンスが献上したのは、遥か北方の雪国でしか獲れないと言われる白い狼の毛皮だった。大変珍しく美しい毛皮に、国王は満足そうに微笑む。

「良い物を選んでくれたな、ローレンス。感謝するぞ」

「ありがたき幸せにございます。バーガンディが太平であらんことを」

褒められて鼻高々のローレンスは、入れ替わりで進み出たクライヴとアイリーンに対して顎を反らして見せる。なんとも子ども染みた態度だが、本当に二十八歳なのだろうか。

呆れ返りながらも、アイリーンはクライヴと共に国王の前で膝を折った。

「生誕七十二を寿《ことほ》ぐますますのご健勝とご活躍を祈念いたします」

クライヴの落ち着いた挨拶に、国王がフッと笑う。

「久しぶりだな、クライヴ。相変わらず、固いことだ」

「……痛み入ります」

「辺境を守ってくれて感謝している。護国の英雄がゲインズボロを守っていてくれれば安泰だ。これからもよろしく頼むぞ」

「御意。……我々からの祝儀品はこちらになります」

クライヴが差し出したのは、銀細工の香炉だった。銀特有の白いまろやかな光沢があり、獅子《しし》を模《かたど》った細やかな細工が美しい芸術品だ。

国王はその美しさに感嘆のため息を漏らす。

「ほう、これはまた見事だな。しかし、香炉とは意外であったな。お前ならばもっと違う物を選びそうだが……」

「香炉は妻のアイリーンが選んでくれました。妻は薬草や植物に関する知識が豊富で、中に入っている香も彼女が作った物になります」

「ほう、妻が」

国王の視線が自分に向けられ、アイリーンは緊張に声を震わせながら説明した。

「……ゲインズボロで収穫した植物を使ったお香になります。お気に召すと良いのですが……」

「楽しみに使わせてもらうとしよう。しかし、この香炉の細工には惚れ惚れするな。この獅子など、今にも動きそうなほど精巧だ」

「……恐れながら、陛下の異名に因《ちな》みましてございます」

若かりし頃、勇猛果敢で名を馳せた国王は、その勇敢ぶりと豊かに蓄えた髭から『獅子王』と呼ばれていた。国王がその異名を気に入っていることをマーカスから聞いたため、この模様を選んだのだ。

アイリーンの思惑通り、国王は機嫌よく声を上げて笑った。

―ハハハハハ！　其方《そなた》のような年若い者にまでその名を知られているのは、少々気恥ずかしいな。だがこの香炉はいたく気に入った。礼として、其方の望みを一つ叶えてやることにしよう。なんでも望みを申せ」

思いがけない申し出に、アイリーンは驚きつつも、心の中で「しめた！」と喜んだ。

公の場でした約束を破ることは、国王としての沽券《こけん》に関わるだろうから、この約束は守られるはずだ。

（……これは、いざという時の切り札に使わせてもらう……！）

強《したた》かにそう思いながらも、アイリーンはまずはしおらしく恐縮してみせる。

「そのような恐れ多い……」

「構わぬ。祝いの場だ。遠慮せず申してみよ」

「は、はい……。ですが、このような僥倖に、今は何も思いつかず……。叶えていただきたいお願いを思いつきましたら、申し上げることにさせていただいてもよろしいでしょうか……？」

「ふむ、なるほど。ではそうしよう」

国王が髭を撫でながら首肯したので、アイリーンはホッと胸を撫で下ろした。

「大変良い品だった。クライヴ、良い妻を迎えたな」

「はい、そう思います。すべて陛下のご采配《さいはい》のおかげです」

「そうだろう、そうだろう」

実に満足げに笑う国王に、クライヴが微笑みを返した。

するとその笑顔を見た国王が、おや、というように眉を上げる。

「どうやら社交辞令ではないらしいな。夫婦仲が上手くいっているようでなによりだ」

親として一つ肩の荷が降りたな、とニヤニヤと笑われ、クライヴとアイリーンは顔を見合わせて赤面したのだった。

こうして生誕祭は無事に終えることができた。

――事件が起きたのは、その夜のことだった。

＊＊＊

生誕祭を終え、王城に宿泊することになったクライヴたちは、以前クライヴにあてがわれていた部屋に通された。父王はクライヴが辺境へ行ってからも、この部屋をそれまで通りクライヴの部屋として確保してくれていたらしく、出て行った時のまま、きれいに清掃された状態になっていた。

寝支度を終えたアイリーンは、ここがクライヴが子どもの頃から過ごしてきた部屋だと知ると、目を輝かせて部屋中を見て回った後、ベッドの中で思い出話を強請ってきた。

「子どもの頃については、話せるような良い思い出があまりなくてな……」

申し訳なく思いながら答えると、彼女は痛ましそうに眉根を寄せて、クライヴにギュッと抱きついてきた。以前には、クライヴに対して積極的な行動を取らなかったアイリーンだったが、今ではこうして自ら抱きついてきてくれるようになった。感慨深い。

「子どもの頃のクライヴ様のお傍に、私がいられたら良かったのに……！」

自分の胸に顔を埋めて言うアイリーンの声が涙声になっていて、クライヴの胸に温かいものが広がっていく。その小さな頭に手を置き、髪を撫でながら言った。

「……あの頃に君がいなくて良かった。俺の傍にいれば、君まで殺されてしまっていただろうから」

心からそう思う。母や乳母たちのように、アイリーンまで自分の世界からいなくなってしまうことを想像したら、ゾッと肝が冷えた。

クライヴの言葉に、アイリーンは無言だったが、抱きつく腕にぎゅっと力が籠ったので、きっとまた泣いているのだろう。彼女はクライヴの悲惨な過去に触れると、いつも涙を流す。

それが本当の涙なのか、はたまた演技なのかを考えることを、クライヴはもうやめていた。そんなことはもうどうでも良かった。

（あの献上品にどんな細工がしてあったとしても……）

アイリーンとフレドリックの密談から、献上品になんらかの細工をするつもりであろうことは分かっていた。だがクライヴはなんの対策も取らずに、アイリーンの好きにさせた。それで自分が陥れられることになったとしても、構わなかった。

今自分の傍に彼女がいる。その事実だけが、クライヴにとっての真実だ。他の真実などどうでもいい。

「アイリーン」

名前を呼べば、彼女が顔を上げた。予想通り、ハシバミ色の大きな目には涙の膜が張っている。それが愛おしくて、クライヴは目を細めてキスをした。アイリーンは拒まずにそれを受け入れる。

（俺が今〝愛している〟と言ったら、君はどんな顔をするのだろう）

柔《やわ》い唇を貪りながら、クライヴは思った。困るだろうか。喜ぶだろうか。それとも、また泣くのだろうか。

だがどの反応でも、きっと深読みをしてしまう。それが怖くて、クライヴは愛を告げられずにいる。

キスを終え、彼女の体を抱き締めてため息をついた。

続きがしたいところだが、連日の馬車での長距離移動に加えて、生誕祭という多忙な日だった。アイリーンは相当疲れているだろうから、寝かせてやらなくては。

そう思って目を閉じた瞬間、寝室のドアが蹴破られるようにして開かれた。

クライヴが弾かれたように飛び起き、アイリーンを背中に庇ったのと同時に、ドアの向こうから近衛騎士たちの集団が雪崩れ込んでくる。

「何事だ！」

低い声で問えば、近衛騎士の一人が大声で言った。

「陛下のご命令により、お二人の身柄を拘束させていただきます！」

「なんだと!?　どういうことだ!?」

「申し訳ございませんが、抵抗なさいますと、御身の安全は保証できません。どうぞ神妙に、我々に従っていただきますよう！」

「どうぞ神妙に！」

「殿下、どうぞ神妙に！」

騎士たちはクライヴの言葉など聞こえないかのように、質問には答えず、事務的に言葉を繰り返す。彼らも騎士としてクライヴの強さを知っているだけに、抵抗をされたくないのが伝わってくる。

クライヴはチラリとアイリーンを見た。

腕に自信がないわけではないが、この数の軍人を相手に、アイリーンを庇いながら戦うのは無理がある。それに、父王が拘束を命じたということは、何かが起きていることは確実だ。慎重に思考を巡らせていると、そっとクライヴの腕を叩く手があった。

アイリーンだった。

近衛騎士の集団に剣を突きつけられている状況だというのに、彼女は落ち着き払った表情で口を開く。

「まいりましょう、クライヴ様」

「……アイリーン」

やはり、彼女は第一王子派の人間で、自分を陥れたのだろうか。

そんな考えがふとよぎり、じっとその顔を見つめていると、アイリーンはニコリと慈愛に満ちた微笑みを浮かべた。

「大丈夫です。あなたは、必ず私が守りますから」

安心するはずのセリフに、得体の知れない不安が込み上げる。

「――どういう意味だ？」

クライヴの声は、騎士たちの「殿下！　陛下がお待ちです！」という大声に掻き消された。

「さあ、行かなくては」

アイリーンの静かな促しに半ば呆然として、クライヴは騎士たちにその身を預けた。

後ろ手に縛られながら連れて行かれたのは、父王の寝室だった。

そこには目を真っ赤に充血させ、鼻を手拭いで押さえる国王夫妻の姿があった。

だがそれ以上に気になったのは、寝室に漂う刺激臭だ。

（……なんだ、この匂いは……？）

白檀《サンダルウッド》のような香りも混じっているが、なによりもツンとしたその刺激臭が強い。鼻の奥が痛くなりそうなほどだ。周囲を観察してみると、ベッド脇のサイドボードに、アイリーンの選んだ香炉が横倒しになっているのが見えた。

（まさか、これはあの香の匂いか……？）

香がこんなに酷い匂いであることがあるのだろうか。これではまるで毒のようだ。

これを作ったはずのアイリーンを見ると、彼女は平然とした顔をしている。

クライヴたちを見つけると、王妃が洟《はな》をズルズルと啜《すす》りながら大声で喚いた。

「クライヴ、其方！　陛下に毒を盛り〝呪詛〟をかけるとは、なんという非道を！　父王を弑《しい》そうとするなど、逆賊です！　陛下、どうぞあの者を処刑してくださいませ！」

（——なるほど）

王妃の言葉を聞いて、クライヴはようやく状況を把握する。

（つまりあの香炉は〝呪詛〟の〝媒介〟ということか）

クライヴ自身は信じていないが、邪教とされるユハナ教では人を呪い殺せると信じられている。そのユハナ教と敵対するシタン教を国教とするバーガンディでは、ユハナ教徒を国外に追い出すために〝呪詛〟を理由に彼らを断罪し処刑してきた過去がある。それらの多くは〝媒介〟と思しき物を無理やりでっち上げた冤罪だったと言われているが、シタン教の首長という立場である父王はそれを認めるわけにはいかない。

それを上手く利用されたというわけだ。

クライヴが父王に呪詛をかけたという疑惑が出ていても、〝呪詛〟をかけた証拠の〝媒介〟が存在すれば、たとえ父王がクライヴの無罪を信じていても、立場上庇うことができない。それはシタン教の過去の非道を認めることになるからだ。

（……今までで一番上手い策だったな）

これまでにも何度もクライヴを陥れ殺そうとしてきた王妃だったが、全て仕損じてきた。最終的に、父王がクライヴの罪を認めなかったからだ。

（だが今回ばかりは、成功しそうだな）

これでクライヴは、王を殺そうとした逆賊として処刑されるだろう。だが、それも仕方ない。アイリーンを愛して、彼女を信じた。その結果なのだから。

香炉を用意したのも、香を作ったのもアイリーンだ。彼女はこうなることが分かっていた。ならば、それを受け止めるだけだ。

諦めにも似た気持ちで笑いを吐き出したクライヴの視界に、アイリーンがスッと進み出るのが見えた。

「恐れながら申し上げます」

よく通る鈴のような声で言うと、アイリーンは倒れた香炉を顎で指した。

「その香を毒だとおっしゃっておられるのであれば、それは毒ではありません。少々刺激的ではありますが、このお香特有の香りであるだけです。あれはただの香炉であり、〝呪詛〟の〝媒介〟などではありません」

（――アイリーン？）

てっきり彼女は自分を陥れようとしているのだと思っていたクライヴは、驚いて彼女を見た。何を言うつもりなのだろうか。

同じ疑問を抱いたらしい父王が、クライヴたちが連行されてきてから初めて口を開く。

「どういう意味だ？」

「お前、何をほざいているの！　毒であろうがなかろうが関係ないわ！　クライヴが持ってきたあの香炉が〝呪詛〟の証拠ではないの！」

王妃が憤怒の形相で食ってかかったが、アイリーンは動じなかった。

「なぜ王妃陛下は、あの香炉を〝呪詛〟の〝媒介〟だとおっしゃるのです？　根拠がありません」

アイリーンの指摘に、周囲が「あっ」という表情になったのが分かった。クライヴもまた同様で、これまでの経験から〝呪詛〟だと因縁をつけられた以上、もうどうしようもないという諦観《ていかん》に陥ってしまったが、確かに根拠がない話だ。

だが王妃は勝ち誇ったように言った。

「根拠ですって？　いいでしょう、教えてあげるわ。〝呪詛〟の〝媒介〟には印が刻まれているの。あの香炉の底には、邪教の紋である六角形が刻まれているから、確認してご覧なさい！」

その説明に、クライヴは少し驚いてしまった。〝媒介〟にそんな条件があるとは知らなかったからだ。呪詛を使って陥れようとした際に詳しく調べたのだろうか。

「まあ、そうなのですか？　存じ上げず申し訳ございません。ですが、どうして王妃様はそんなことをご存じなのですか？」

少し大袈裟に言いながら、アイリーンが首を捻る。すると王妃が一瞬ハッとした表情になって狼狽を見せた。

父王が王妃を見る目をわずかに眇める。

「面白いことを言う娘だ。……まず、毒ではないと言ったな？　その証明はできるのか？」

「もちろんです。香炉の中の香を持ってきてくださいませんか」

アイリーンが頼むと、父王は背後に控えていた側近の騎士に目配せをした。

騎士が素早い動きで香炉を取りに行くと、「そこに六角形の印とやらはあるのか？」と父王が訊ねた。騎士に香炉を持ち上げて底を確認し、「ございます」と返事をする。

先ほど自信満々にその印を説明した王妃は、何故か黙ったまま視線を床に落としていた。

騎士が香炉をアイリーンの前に持ってくると、彼女は焼け残っている香を顎で指した。

「この香を私の口の中に入れてくださいませんか？」

手を縛られているのでできないのだ。騎士が視線を送ると、父王は頷いて許可を出した。

騎士が香の欠片を摘み、アイリーンの口の中に入れようとするので、クライヴは焦って止める。もし毒だとすれば、死んでしまうではないか。

「待て、アイリーン」

「大丈夫です、クライヴ様。これは私が作りましたし、絶対に毒ではありませんので」

にっこりと笑い、アイリーンは騎士の手から香を食べてしまった。

小さな口がもぐもぐと動き、ごっくんと喉を鳴らすのを、その場にいた全員が固唾を呑んで見守る。

やがてアイリーンは口をぱかっと開いて見せた。

「呑み込みました。ご確認をなさってください」

騎士がその口の中をジロジロと眺めた後、「確かに呑み込んだようです」と報告する。

「ご覧の通り、食べても死んでおりません。あれは毒ではないのです」

ケロリとした顔で言うアイリーンに、王妃がけたたましい声で反論した。

「ばかをおっしゃい！　あの匂いを嗅いだ途端くしゃみや鼻水が止まらず大変だったのよ！　それに、私の女官が倒れて瀕死になっていたわ！　毒に決まっているわ！」

「瀕死に？　おかしいですね。そんなことはありえないのですが。ゲインズボロで栽培したモンマルヴァを練り込んで作ったお香なので、あのような刺激臭がするだけで、毒どころか、殺菌作用や炎症を抑える作用があり、喉の痛みや食欲不振を改善します」

アイリーンが言うと、王妃は悔しそうに歯を食い縛って黙り込んだ。どうやらこれ以上女官の話には突っ込まれたくないようだ。代わりに動いたのは父王で、自分の喉に手をやっている。

父王は近年、持病からまさにアイリーンの言った症状に悩まされていたのだ。

そのことを思い出し、クライヴはまじまじとアイリーンを見つめた。まさか彼女はそれを見越して、モンマルヴァの栽培を始めたのだろうか。

「……確かに、喉の痛みが和らいでいるな」

父王が喉を撫でながら、面白がるように言った。

「陛下のご病気が少しでも良くなることを祈ってお作りしましたから」

平然と言ってのけるアイリーンに、父王がクッと喉を鳴らす。

「どうやら話を聞く価値はありそうだ。〝呪詛〟ではないという話も詳しく申してみよ」

アイリーンは「ありがとうございます」と頭を下げたものの、「ですが」と続けた。

「〝呪詛〟の件では、陛下のお耳にのみ入れたい内容がございます。どうかお人払いをお願いいたします」

アイリーンの要求に、父王が顔を曇らせた。さすがに自分を殺そうとした嫌疑のかかっている娘と、二人きりになるのは問題だと思ったのだろう。だがアイリーンはなおも訴えた。

「昼間に陛下は、私の願いを一つ叶えてくださるとお約束なさいました。どうか、二人きりでお話をさせてくださいませ」

「貴様、いい加減に……！」

激昂したのは、父王の側近の騎士だった。誰よりも父王に忠実な人物であるだけに、アイリーンの要求が腹に据えかねたのだろう。

気色《けしき》ばむ騎士の迫力に、しかしアイリーンは怯まない。

「では私の喉元に剣を押し当てた状態でお話しするのはいかがですか？　私が陛下に危害を加えるような動きをすれば、そのまま斬り捨ててくださって構いません」

「アイリーン！」

今度はクライヴが悲鳴を上げた。なんてことを言ってくれるのだ。頼むからやめてくれ。彼女が無鉄砲であることは、これまでの行動から分かっていたが、それにしてもこれは酷い。彼女が殺されてしまうかもしれないと思うと、胃の底が抜けるような心地になった。

だが父王は目を細めて頷いた。

「そこまで言うのならば、望みを叶えてやろう」

「陛下！」

「父上！」

奇《く》しくも王妃と自分の悲鳴が重なったが、そんなことを気に留める余裕はなかった。

だが拘束され、近衛騎士の集団に囲まれているクライヴにはなす術もない。

父王の指示でアイリーンと側近以外の全ての者が部屋を追い出されてしまった。

閉じられていく扉の隙間から、アイリーンの細い首に長剣の鋒《きっさき》があてがわれるのが見えて、大声で喚き散らしたい衝動に駆られた。

こうして、クライヴは妻と引き離されたのだった。


王の寝室の扉が開かれたのは、それから約一時間が経過した頃だった。

これほど長く感じた一時間はなかった。

飛び込むようにして中に入ると、入れ替わるようにして、側近の騎士が縛られたままのアイリーンを連行していこうとする。

「な……、アイリーンをどこへ連れて行くつもりだ！」

思わず叫んだクライヴに、背後から父王の冷たい声がかかった。

「地下牢だ。沙汰を下すまで、あの娘にはそこにいてもらう。お前も自室で謹慎《きんしん》だ」

「な……何故ですか!?　なぜ妻が投獄されるのですか！　彼女は何も悪くない！」

仰天したクライヴは、噛み付くようにして父王に抗議する。

だが父王はため息をつき、クライヴを無視して集まっている騎士たちに命じた。

「王妃とローレンスを自室に監禁しておけ。使用人は付けず、外部との連絡も取らせるな。後ほど両者に尋問を行う。ロンデル侯爵家の周囲に監視をつけろ。人と書簡の出入りを見張り、その内容を検《あらた》めよ。——最後に、今夜のことは箝口令《かんこう》を布《し》く」

その命に、王妃が目を見開いて叫ぶ。

「へ、陛下!?　どうしてわたくしを!?」

その甲高い声に眉を顰めると、父王は片手を上げて「黙らせろ」と言った。

騎士がそれに従い王妃の首に手刀を落とすと、王妃はあっさりと昏倒する。その身を騎士たちが運び去るのを呆然と見送っていると、父王が深いため息をついた。この一時間で、ひどく疲れたような表情になっていた。

「全ての証拠が揃うまで、大人しくしていろ。さもなくば、お前も地下牢に入ることになるぞ」

＊＊＊

狭い地下牢の中で、アイリーンは膝を抱えていた。

この牢屋に閉じ込められて、二日は経過しただろうか。陽の光が射さない地下牢では時間の流れが曖昧になるので、詳細な日付が分からなかった。

王城の牢屋は王城だから豪華かといえばそんなことはなく、牢屋らしく鉄格子と拷問器具以外何もない、薄暗く殺風景で陰気な場所だ。地下のせいか、空気がジメジメとしていて気持ちが悪い。何より、臭いが酷い。排泄物や腐った血や肉の臭気で鼻がもげそうだ。

嗅覚は五感の中で最も慣れやすい感覚だが、調香師をしていて香りをかぎ取ることを訓練してきたアイリーンの鼻は、時間が経ってもこの悪臭を感じ取ってしまうのだ。

（……拷問されて、命を落とす人もいるんでしょうね……）

この場所が陰気に感じるのは、死んだ者たちの怨念《おんねん》が残っているからだろうか。

とはいえ、アイリーンは幽霊を信じないし、拷問されるまでもなく、知っていることは全部吐いていくつもりなのであまり怖くはない。

懸念があるとすれば、先ほど第一王子の悪事を暴いた段階で、ほぼ全て喋ったようなものなので、これ以上吐くものはないということだ。

（知っていることがないのに、隠していると思われて拷問されるってことも、多分あるわよね……。死ぬのは怖くないけれど、痛いのは勘弁してほしいなぁ……）

そう憂慮《ゆうりょ》しながらも、アイリーンの心は満たされていた。

クライヴのために、この命を使うことができた。それが心から嬉しかった。

最初から、自分が断罪されることは想定内だった。

ボーフォート伯爵家の娘である以上、アイリーンも罪を免れない。たとえアイリーンが王妃たちの謀略を告発したところで、その罪がなくなるわけではないのだから。

（……それにしても、陛下がまっとうなお心の持ち主で本当に良かった……）


国王に人払いをしてもらった後、王の側近はアイリーンが凶器を持っていないか身体検査をした後、言葉通りアイリーンの首にその剣を突きつけた。その鋒先《ほこさき》はしっかりと頸動脈を狙っていて、少しでも不審な動きをすればすぐさま息の根を止められることが分かったが、それに怯えていては何も始まらない。

アイリーンは微笑んで国王を見て言った。

『願いを聞いてくださってありがとうございます』

『……なんとも肝の据わった娘だな。まあいい。お前の話とやらを聞こう』

呆れたように言った国王は、けれどどこか愉快そうにも見える。それがこちらにとって有利であることを祈りながら、アイリーンは口を開いた。

『まず、〝呪詛〟の件はでっち上げです。ボーフォート伯爵から私に〝呪詛の媒介となりそうな物を、陛下への献上品にするように〟と指示がありました。その証拠の手紙も残っております』

いきなり父であるボーフォート伯爵の罪を暴くアイリーンに、国王と側近の両者が目を丸くする。だがアイリーンは構わずに説明を続けた。

『また、ユハナ教の神官に頼んで〝呪詛〟について教えてもらったのですが』

『なんだと？』

『〝呪詛〟について……』

『いやそうではない。ユハナ教の神官に教えてもらっただと？　それは其方が邪教徒だと言っているということか？』

こいつは正気か？　といった表情の国王に、アイリーンは苦笑を漏らす。そう思われても当然だ。邪教徒ならば、ここで斬り殺されても仕方ない。

『もちろん違います。バーガンディの国民にとって、ユハナ教に関わることがあらぬ疑惑を生むことは重々承知しております。ですが、やむにやまれぬ……多くの人の命を救うという使命のために、私はユハナ教徒と関わりを持ちました』

『人の命を救うだと？』

話が突飛すぎると思ったのか、国王が鼻に皺を寄せた。

『お疑いになるのも無理はありません。ですが、どうか話を最後まで聞いていただきたいのです。……私はついこの間まで、貴族の娘などではなくただの町娘で、マンスフィールド修道院で働いておりました』

国王が片手を突きつけて首を横に振った。

『いや、待て待て待て。貴族の娘ではない？　町娘？　いや、それよりもマンスフィールド修道院だと？　〝トマール風邪〟の特効薬を開発した、かの修道院か？』

『はい。その特効薬に不可欠なのが、ユハナ教徒の育てるエンニャと呼ばれる特殊な植物だったのです。修道院では薬草をはじめとする植物の研究が盛んで、薬草に関する書物がたくさんありました。この国のみならず、外国の書物も。エンニャの存在は、その中の一冊に書かれてあったのです。〝はるか昔に東の大陸を襲った流行病を直した薬草〟と。〝トマール風邪〟が大流行し、目の前で多くの人たちが亡くなっていく中、私は藁《わら》にも縋る思いでエンニャを探し歩き、そうしてユハナ教に辿り着いたのです。邪教と関わることは罪だと分かっておりましたが、人の命を救うためならば仕方ないと思ったのです。ですが、後悔はありません。だって、そのおかげで特効薬が完成したのですから！』

説明しながら、アイリーンは多少の嘘を織り交ぜた。本当は、エンニャを探し当てたのも、ユハナ教徒に交渉してエンニャを譲ってもらったのも、アイリーンではなくアントニアだ。アイリーンはアントニアの代わりに、ユハナ教の神殿にエンニャの栽培方法を聞きに行っただけである。

だがマンスフィールド修道院の人たちに『邪教と関わった』という罪を被せられてしまうのを防ぎたかったので、全て自分の責任だということにしておきたかった。

（……アントニア様はお手紙で、ご自分が全ての罪を被るとおっしゃってくださったけれど、それは絶対に嫌だもの……）

アイリーンは事前に手紙で、特効薬とユハナ教の繋がりを国王に伝えてもいいかと、アントニアに訊ねていた。全て自分が罪を被るつもりだが、それでも修道院に罪が及ぶ可能性が十分にあるからだ。するとアントニアは、『私は自分のしたことに誇りを持っている。あなたも誇りに思いなさい。万が一の場合には、全て私の命令だったと言いなさい』と返事をくれたのだ。

（本当に、素晴らしい方……）

だからこそ、守らなくては。

眼裏に浮かぶアントニアの顔に感謝しながら、アイリーンは国王を見た。

『特効薬を作るためにユハナ教と関わったことを、陛下は罪に問われますか？』

国王と二人きりで話をすることを求めたのは、これが理由だ。

公の場でこの質問をすれば、国王の返事は是《ぜ》一択である。この国の王がシタン教を守護する首長である以上、それ以外の答えは許されないのだ。

だが国王個人としては、それ以外の選択ができる。

宗教ではなく、民の命を選ぶこともできるのだ。

ユハナ教とマンスフィールド修道院の関わりを罰するというならば、特効薬の存在も否定するということだ。特効薬は生産が追いつかず、まだまだ足りない状況で、国民の命は未だ『トマール風邪』に脅かされている。

それでもなお、国王が罰することを選ぶならば、アイリーンの負けだ。

（でも、大丈夫。このお方は、クライヴ様のお父様だもの……！）

それにこの王は、度重なる戦禍《せんか》を潜り抜けてきた覇者でもある。国力が民の数そのものであることを、重々承知している人なのだ。その国力をこれ以上減らすような愚かな真似はしないはずだ。

アイリーンの問いに、国王はフンと鼻を鳴らす。

『問わないな。黙っていれば良いことだ』

簡潔な答えに、アイリーンは知らず詰めていた息を、ホッと吐き出した。

『つまり、其方がユハナ教と関わりがあったのは、人命を救うという大義のためであり、邪教徒であるわけではない、というところまでは理解したが、問題なのはその後だ。〝呪詛〟について学んだとか言ったな？』

『はい。ユハナ教には多くの複雑なルールがあるのです。それは〝呪詛〟に関しても同様で、細かい取り決めがあるのだとか。まず第一に、〝呪詛〟はユハナ教においても危険であるとされ、禁じられたものであるということ。行うことができるのは、修行を積んだ高位の神官だけで、ユハナ教徒ですらない者が行えるものではないそうです』

『つまり、クライヴが私を呪うことはできない、ということか……』

ふむ、と国王は髭を撫でる。納得のいく説明だったようだ。

『はい。そしてもう一つ、禁じられた術であるがために、術の詳細は極秘とされているということです。〝媒介〟に六角形の印を刻まなくてはならないということを、陛下はご存じでしたか？』

アイリーンが訊ねると、国王は「いいや」と低い声で否定する。

『王妃陛下がそれをご存じであった理由を、私は知っています』

『──申してみよ』

『王妃陛下は、ユハナ教の高位神官と契約し、陛下に〝呪詛〟をかけています』

『なんだと!?』

『〝呪詛〟を行う見返りは、陛下亡き後、この国の国教をユハナ教に変えるというものです』

この暴露に、さすがの国王も絶句した。

『――ばかな。そんなことをすれば、この国はとんでもない混乱に陥ってしまうぞ』

国王の狼狽はもっともだ。このバーガンディ王国は、シタン教を統治の礎《いしずえ》にしている政教一致型の国だ。宗教が変われば、その土台を崩壊させるようなものなのだから。

『証拠が……その契約書がございます。今ここにはないのでお見せできないのですが、後日届けてもらうことになっております』

『……話は分かった。信じるに足る論拠はある。だが其方の話が真実かどうか、その証拠とやらを含めて調べてみないことには、沙汰を下すことはできん』

『それはもちろん、分かっております』

アイリーンの告発が正しいとされれば、王妃と第一王子は処罰される。つまり、第一王子派、第二王子派で二極化している政界の片方が潰れるということだ。大変な混乱が生じることは間違いない。話の真偽の確認はもちろん、すぐに決断できる内容ではないことは想定内だ。

混乱の後の安定を取るか、混乱を未然に防ぐことを選ぶか。

国王がどちらの選択をしても、アイリーンは殺されるだろう。第一王子を選ぶのであれば、口封じのために。クライヴを選ぶのであれば、罪人の一族の一人として。

（これは賭け。罪人だと分かっていてなお、混乱を避けるために王妃と第一王子をとるか、或いは、罪人を裁き、罪を着せられた第二王子をとって国を正しく治め直すのか……）

後者であってほしいと思う。

この国のために、そしてなにより、クライヴのために。

(自分の幸せが何か分からないとおっしゃった、あの悲しい方のために)

王妃に自分の大切な者たちを殺され続け、自分を『大罪人』と呼ぶ人だ。罪は明らかに王妃にあるのに、自分が存在したせいで愛する人たちが殺されてしまったと思ってしまう、悲しくて優しい人なのだ。

クライヴが王都を離れたのも、これ以上争いたくなかったからなのだろう。

そしてなにより、自分が引くことが民にとって最善の選択なのだと考えていたからだ。

『俺がいない方が、混乱は起きない。政《まつりごと》が混乱すれば争いが起きる。争いが起きれば民が困窮する。王族として……国を司る者の一人として、俺は民の安寧を守る義務があるんだ』

静かな口調でそう語るクライヴは、誰よりも国を想う施政者の表情をしていた。

(……この国の王には、あなたこそが相応しい。あなたを陥れ、殺そうとする卑怯者などではなく……!)

この王国の民の一人としてそう思う。

だがアイリーンにとって、なによりも大切なのはクライヴの幸福だ。だからクライヴが求めていないなら、王座に就く必要なんてないと思う。

（でも、きっと違う）

クライヴはずっと、民を想い、民のために生きている。

王座には興味がないと言いながら、聖騎士団長として剣を振るい、民の安寧のために戦い続けた。

王都を逃れ辺境の地へやって来たのも、これ以上無益な争いを続けたくなかったからだ。

そして、逃れてきてもなお、逃げてしまった自分に負い目を感じてすらいた。

（誰よりも優しくて、人の痛みを自分の痛みのように想う方なのよ……）

アイリーンが川で溺れかけたと知った時に、真っ青な顔になって心配してくれた。敵だと思っていただろうに、それでもアイリーンの身を案じて叱りつけてくれた。

その母の死を、親しい者たちの死を、己の罪で背負う覚悟をしていると言っていた。

アイリーンと母を救うために暴漢たちを惨殺した時、「自分の仕事だから殺した」と言っていた。自分の心を軽くするために殺人を神聖視し、その責任を神という象徴に転嫁することもできただろうに、彼はそうしなかった。あくまで自分の仕事だとして、その責任を自分で背負った。

クライヴはいつだって己に責任を課し、他者を守ろうとする。

他の何か、自分ではない誰かを守るために、己を犠牲にして生きている人だ。

幼い頃からずっと、そうやって生きてきた人なのだ。

（クライヴ様は、この国の民のために生きてきた）

そんな人が、第一王子のような卑怯な罪人に国を預けようなどと望むわけがない。

『……いかなる決断を下されたとしても、クライヴ殿下の潔白は確かです。あの香炉は私が選び、香を作ったのも私です。それに、あの香は薬効こそあれ、毒性はないと私自身が証明いたしました』

『それはもちろんだ』

首肯する国王を見てホッとしつつ、アイリーンはなおも言った。

『では、今回の件でどの選択をなさっても、クライヴ殿下へのお咎めはないと誓っていただけますか？』

国王への無礼な要求に、側近の男がいきり立った。

『貴様！　陛下に向かってなんということを……！』

首元に突きつけられた剣がグッと押し当てられ、首にチリッとした痛みが走る。皮膚が切れたと分かったが、怯んではいられない。この確認は一番大切なことなのだ。

だが国王は片手を振って側近をいなした。

『良い、ジェイコブ』

『しかし、陛下！』

『良いと言っておる』

『……っ、はっ！』

二度目の命令に、側近が渋々ながら剣に込めた力を抜いた。

刃先が自分の皮膚から離れる感触に、思わず詰めていた息を吐き出していると、国王が言った。

『クライヴへの咎めだては一切しないと誓おう。……だが、其方は違う。私の選択次第では、死んでもらうことになるが、それについては何も言わないのか？』

直接的な表現で訊ねられ、アイリーンはハッとして視線を上げる。

すると国王の感情のない顔があった。七十歳を過ぎた国王の顔には皺が多く豊かな髭も蓄えられていたが、やはり父子だからだろう、クライヴによく似ていた。

アイリーンはフッと微笑むと、静かに答えた。

『承知しておりますので』

淀みなく答えると、国王の表情が動いた。

不可解なものを見るように目を細め、長い顎鬚を右手で撫でる。

『……己が死ぬかもしれぬと分かっていて、それでもクライヴを救うのか。其方はローレンス派の者だろうに、命を懸けてまでこのような告発をした理由はなんだ？』

その問いには、なんだか苦笑が込み上げた。アイリーンが第一王子派だったことは一度もないのに、奇妙なことだ。

『そもそも、私はボーフォート伯爵の娘として育っておりませんから、第一王子殿下を推してはいないのです。母は平民の婚外子ですし、父に初めて会ったのはついこの間です』

『……ふむ。では、父伯への復讐か？』

『それも違います。父という存在は、私の人生には最初からいませんでしたから、期待もしていなかったので』

サラリと否定すると、国王は苦い笑みを浮かべて「これは手厳しい」と言った。

『ではなぜそこまでクライヴに肩入れするのだ？』

『私は以前……伯爵家の娘になるずっと昔に、クライヴ殿下に命を救っていただいたことがありました。その時からずっと、ご恩返しをする時を待っていたのです』

『恩返し、か……』

『それだけではございません。身の程知らずにも、結婚をさせていただいて、あの方のお傍でずっと見てまいりましたが、クライヴ殿下ほど王座を引き継ぐのに相応しいお方はおられません。高邁で正義感がお強く、常に民に心を傾けておいででした。そして必要とあらば、己に咎《とが》が降りかかってでも、その力を振るうことのできる方です。私は……このバーガンディ王国の民の一人として、次期国王様にはクライヴ殿下を推します！』

アイリーンの言葉に、国王はしばらく黙ったものの、「民からの貴重な意見だ。心に留めおくことにしよう」と頷いてくれた。

（アントニア様からの書簡は、もう陛下の所に届いたかしら……？）

王妃とユハナ教の高位神官との契約書は、アントニアが入手してくれたものだ。彼女はエンニャを融通してもらう際に、ユハナ教の中でも他教との共存を支持する高位神官と懇意になった。

その神官が以前から、禁術とされる〝呪詛〟を売り物のようにして取引する神官を問題視しており、利害が一致したことから、協力者となってくれたのだ。

多くの組織でそうであるように、ユハナ教も一枚岩ではないということだ。

アントニアにはそれを国王に送るようにとお願いしてあったのだ。

（問題がなければ、そろそろ届いていると思うけれど……）

何かあって証拠が届かなかったらどうしよう、などと後ろ向きの考えが頭に浮かび、アイリーンは慌てて頭を振ってそれを追い払う。

（陰気な場所にいると、考えまで陰気になってしまうわね。気をつけなくちゃ……）

明るい未来を想像しようと、アイリーンは目を閉じた。

この先、クライヴは王妃や第一王子たちに悩まされることなく、彼らしい人生を歩めるようになるはずだ。

そうしたら、きっとクライヴにとっての幸福も見つけることができるはず。

クライヴが活き活きと己の道を歩んでいく様を想像して、アイリーンの胸がいっぱいになる。

「……お母さん、私、ちゃんと恩返しができたかな……?」

天国にいる母に訊ねてみた。

母もあの時、クライヴに命を救われた。母は気を失っていたのでクライヴの姿を見ていないが、アイリーンに詳細を聞いて、涙を流してお礼の言葉を呟いていた。そしてそれ以来、毎日クライヴのために祈っていた。「騎士様が無事でありますように、騎士様が幸せでありますように」と。

「……でも、私がそっちに行ったら、お母さん絶対に怒るだろうね」

〝こんなに早く来るなんて〟と怒鳴られるのが目に浮かぶ。だが、〝恩返しができて良かったわね〟とも仕方なさそうに笑ってくれる姿も眼裏に見えるのだ。

「まあ、死んじゃえば、もうどうしようもないもんね。お母さんも笑うしかないか……」

ははは、と自分ながらに失笑していると、「笑っている場合か」と低い唸り声が響いた。

ギョッとして顔を上げると、鉄格子の向こうにゆらりと立つクライヴの姿があった。

「ク、クライヴ様っ!? ど、どうしてここに!?」

クライヴはシャツに黒いトラウザーズを穿いただけの軽装だ。その上にピッタリとした革の帯刀ホルダーを着けていて、中に護身用の大ぶりのダガーが装着されているのが見えて、ギクリと肝が冷えた。

「ま、まさか、見張りの人たちを……!?」

この牢屋には数人の見張りの役人たちが常在しているのを、アイリーンはここに収容された時に見ている。

国王は沙汰が決まるまでクライヴにも自室で謹慎を命じていたから、彼はここにいてはいけないはずだ。となれば、見張りの人たちがここに通すわけがない。

もしかして、ここに押し入るために彼らを殺してしまったのだろうか、と青ざめていると、クライヴは淡々と首を横に振った。

「殺していない。気絶させただけだ。問題ない」

「そ、そうですか……良かった……」

ホッとしかけたアイリーンだったが、すぐに「いや何も良くない」と自分にツッコミを入れた。

「見張りの方を倒したら、後で陛下からお叱りを受けてしまうのでは!?　そもそもクライヴ様はお部屋で謹慎をなさっていないと！　なぜこんな場所に!?　早くお戻りください！」

アイリーンと共謀《きょうぼう》していたという嫌疑がかけられたらどうするんだ、いやそれよりも謹慎していなくてはいけないのに、地下牢なんてところを彷徨《さまよ》っていて良いはずがない。

次から次に心配事が飛び出して、思わず叱るような口調になってしまった。

だがアイリーンのセリフを聞いた途端、クライヴがクワッと目を見開いて一喝した。

「黙れ！」

「ひっ!?」

クライヴの傍にいるようになって数ヶ月経つが、怒鳴られたのは初めてだった。

驚いて悲鳴を上げてしまったが、クライヴはまだ怒りの表情のままこちらを睨め付けている。

「君は今自分がどういう状況になっているか、分かっているのか！　ローレンスの謀略を告発するなど……なんて愚かな真似をしたんだ！　君自身の身も危うくなってしまったんだぞ！」

謀略の被害者本人からそんなことを言われて、アイリーンはポカンとしてしまった。

だがすぐに、嬉しくて目頭がジワリと熱くなる。

クライヴは、アイリーンが処罰されてしまうことを知って、心配してここまでやって来てくれたのだ。

（……本当に、どうしてそんなに優しいのですか……）

いつも他人のことばかり気にかけて、自分の身を後回しにしてしまう。

それが敵方の家の娘で、自分を裏切っていた妻だったとしても、だ。

「陛下からお聞きになったのですか？」

クライヴには事情を話していなかった。

万が一にでも、アイリーンの告発行動が、クライヴの指示による捏造だと疑われてはいけないからだ。

アイリーンが問うと、クライヴは端正な美貌をくしゃりと歪ませた。

「君はばかだ。家を裏切ってまで……自分の身を危うくしてまで、どうして俺を救おうとするんだ……！」

苦しそうなその様子が可哀想で、アイリーンは困った。

彼を苦しめたいわけではなかった。ただ、幸せになってほしいだけだ。

だが優しい彼は、アイリーンが咎められることにも心を痛めてしまうのだ。

少しでも彼の心の重荷を軽くしたくて、アイリーンは口を開く。

「あなたが、私にしてくださったことと同じです」

「俺が君に何をしたと……!?　何もしていない！」

「いいえ、あなたは、私と母の命を救ってくださった。覚えておられませんか？　七年前……あなたはハルベリの小さな集落で、民家に押し入った強盗から、母娘を救ってくださった」

「七年前？　ハルベリ……？」

アイリーンのセリフに、クライヴは怪訝な表情をしながらも、記憶を探るように目を細め、やがてハッと目を見開いた。

「――あ……！　あの、殴られて顔を腫らしていた娘……！　君は、あの時の娘だったのか……！」

思い出してくれたようで、アイリーンは胸が熱くなった。

絶望し、この世の全てを憎みたいと思ったあの時、闇を切り裂く一筋の光のようにクライヴが現れてくれた。その感動が鮮やかに胸に蘇って、自然と涙が溢れ出た。

「あなたはいつだって、他者のためにその力を振るわれる。お母様や、大切な方々を喪ったからこそ、誰よりも命の重みを知っていて、本当は誰も傷つけたくない、命を奪いたくないと思っていらっしゃるのに……。あの時も、私と母を救うために……私の代わりに、あなたは剣を振るってくださった。私は、あの時のご恩をお返ししたに過ぎません」

「アイリーン……」

「あなたに、ずっとずっと、お礼を言いたかったのです。あの時、私と母の命を救ってくださってありがとうございました」

ようやく、あの時の礼を言うことができた。

本当なら、会ってすぐに言いたかった。だが敵方の家の娘として彼の前にいる以上、信じてもらえるとは思えなかったし、信じてもらえたところで、助けてやったのに敵だったのかと残念がられたかもしれないと思うと言えなかった。

あの時クライヴに助けてもらったのは、ただのアイリーンだった。敵なんかじゃなくて、ただクライヴを敬愛しその幸福を祈るだけの、ちっぽけな小娘でいたかった。

「あの時のご恩をお返しするために、私は生きてきたのです」

アイリーンが微笑みながら言うと、クライヴが鉄格子を音を立てて摑んだ。

「恩など何もない！」

弾かれたように叫ぶクライヴは、怒っているように見えた。だがそれは、怒っているわけではなく、アイリーンのために悲しんでくれているのだと分かっていた。だからアイリーンは笑顔のまま言葉を続けた。

「あなたに出会うことができて、幸せでした。あなたのお傍にいることができたこの数ヶ月、毎日が光り輝いていました。ご恩をお返しするために、私は生きてきたのです。だから、これは私の本望なのです。あの時あなたに救っていただいたこの命を、あなたのために使う時を、ずっとずっと待って――」

「やめろ！」

激しい一喝だった。喉が裂けんばかりの怒声に、さすがのアイリーンも言葉を呑み込んだ。

クライヴの双眸は鋭く吊り上がり、アイリーンを凝視していた。

「クライヴ様……」

アイリーンが呟くと、クライヴはグッと眉間に深い皺を刻み、歯を食いしばった。

「……やめてくれ、頼む……！　恩義など感じなくていい。俺が君に求めるのは、そんなことじゃない！」

呻くように吐き出された言葉に、アイリーンはぎくりとなる。自分の行動が自己満足に過ぎないことを、自覚していたからだ。

クライヴの幸せのためと言いながら、アイリーンはただ自分がやりたいことをやっているだけだ。アイリーンが死ぬことになったら、クライヴはその咎は自分にあると、一生責め続けることになるだろう。――彼の母や、乳母たちの死と同様に。

（……でも私は、そうなりたかった。クライヴ様の癒えない傷になりたかった……）

自分のことを、一欠片《ひとかけら》でもいいから、ずっと彼に覚えていてほしかったのだ。

それがどれほど傲慢で醜い願望か、ちゃんと分かっている。

この世で一番幸福になってほしいと言いながら、彼の不幸を企んでいるようなものなのだから。

本当に彼の幸福を願うなら、彼の求めることをするべきなのだ。

自分の醜さを暴かれたような気持ちになって、情けなさから涙が込み上げる。

「――も、申し訳……」

震える声で謝罪を述べようとした瞬間、クライヴが血を吐くような声で言った。

「愛しているんだ！」

息が止まった。

驚きのあまり、目をまんまるく見張ったまま、アイリーンはその場に凍りついた。

クライヴは射るような眼差しでアイリーンを磔《はりつけ》にすると、祈りを込めるようにもう一度繰り返す。

「君を愛している」

「――っ、……？」

アイリーンは混乱し、狼狽えた。

クライヴが自分を愛していると言った。

「でも、私は……」

「政略結婚の相手？　敵方の家の娘？　諜報員《スパイ》？　ああ、それに昔命を助けたことがあった娘でもあったか。だが、全部君の肩書きに過ぎない。俺は肩書きなどどうでもいい。君が君である以上、俺は君を愛する」

「……」

アイリーンは呆然とクライヴの言葉を聞いた。

クライヴは、神様のような存在だった。命を救ってくれて、絶望と怨恨《えんこん》に支配されそうだったアイリーンを掬い上げてくれた。ずっと心の支えであってくれた存在なのだ。

そんな存在から愛を告げられて、どうしていいか分からなかった。

固まったまま言葉を失っているアイリーンに、クライヴが鉄格子の間から手を伸ばしてアイリーンの手を摑んだ。そのままグッと引き寄せられる。

「君が言ったんだ。俺は幸せになるべき人間だと。君がいなくては、幸せになどなれない。恩義など要らない。俺を愛してくれ。俺が君に求めるのは、それだけだ」

「私が……私などが……」

なおも狼狽えるアイリーンを、クライヴが鉄格子越しに抱き締めた。

「君がいい。君しか要らない」

囁くような声に、涙がボロボロと込み上げる。自分がなぜ泣いているのか、アイリーンには分からなかった。だが、自分を抱き締めるクライヴの腕の温かさに、どうしようもない安堵を覚えた。

二人はそのまま無言で抱き合っていたが、やがてクライヴがアイリーンを抱く腕を解いた。

「今ここから出してやる。ゲインズボロに一緒に帰るんだ。それから何か手を考えよう」

そう言って牢の鍵を開け始めたので、アイリーンは焦ってそれを止める。

「いけません！　そんなことをしては、クライヴ様までお咎めを受けます！」

「まだそんなことを……！　君はこのままでは、殺されてしまうんだぞ！」

「私のことはいいのです！」

「いいわけがあるか！」

堂々巡りの言い争いをしていると、ゴホンという咳払いが聞こえてきて、二人は同時にそちらを見た。

するとそこには、顰めっ面をした国王が立っていた。

「陛下！」

「父上！」

青ざめたアイリーンは、その場に膝をついて平伏する。

「クライヴ殿下は、私の様子を見に来てくださっただけなのです！　どうか、どうかお咎めは全て私に……！」

「やめろ！　彼女は何も悪くない！　全て俺のためにしたことだ！　咎めがあるというなら、全部俺が受けます。ですから、どうか彼女をここから出してください！」

「あー、互いを庇い合う夫婦愛は美しいが、一度黙ってくれないか」

国王のどこか緊張感のない物言いに、クライヴとアイリーンは同時に口を閉ざした。どうやら咎めるつもりはないようだと、二人で顔を見合わせる。

すると国王はアイリーンに向かって微笑む。

「マンスフィールド修道院から書簡が届いた。その他の証拠も確かめ、其方の言っていたことは、全て真実だったと証明された」

アイリーンは顔を輝かせた。

「……で、では……」

「ああ。クライヴの冤罪は無事に晴れ、我が妃とローレンスの罪が確定した。あれらは後日ロレント塔に送ることになった」

ロレント塔とは、王族や貴族の中で罪を犯した者が入れられる牢獄だ。一度入れば、出されることは二度とないと言われる場所でもある。

そう報告する国王の表情には、苦いものが滲んでいた。長年寄り添った妻と我が子の有罪と投獄の報告なのだから、当然だろう。

だがアイリーンにとっては、ひたすら安堵を覚える報告だった。

「ああ……！　良かった……！　本当に良かった……！」

これでもう、クライヴが命を脅かされることはない。何かを奪われると恐れることもなくなる。穏やかな幸福を得ることができるだろう。

「ありがとうございます……ありがとう、ございます……！」

呟きながら泣き崩れると、クライヴが牢の中に手を伸ばして背中を撫でてくれた。その手の温かさを噛み締めるようにして感じながら、アイリーンは顔を上げて国王を見上げた。

「ありがとうございます、陛下。……これでもう、思い残すことはありません。ボーフォート伯爵家の者として、最期の責任を果たそうと思います」

神に祈るように両手を握り締めて言えば、クライヴの悲鳴のような声が上がる。

「アイリーン！」

息子夫婦の悲壮な様子に、国王はもう一度ゴホンと咳払いをした。

「あー、そのことなんだが……其方はボーフォートの婚外子だと言っておったな？」

「は、はい……」

「父伯爵に引き取られた時、神の祝福は受けたのか？　養子であれ、婚外子であれ、親子と公認するには教会で司教から神の祝福を受けなければ、登録されないはずなのだが……」

唐突に言われた話に、アイリーンはポカンとしながら首を横に振る。

そんなものを受けた記憶はない。

「受けて、おりませんが……」

その答えに、国王はにっこりと破顔した。

「ならば、其方は伯爵の子ではないな。ただの第二王子妃だ。……ああ、これからは、王太子妃になるか。ただし、私の姉の養女となる必要があるが……」

姉の教育は厳しいぞ〜、と言い添えた国王だったが、息子夫婦はもう話を聞いていなかった。鉄格子を挟んだまま、互いにしがみつくようにして抱き合い、声もなく涙を流していたのだった。

終章

「……ヴ様、クライヴ様、もう起きてくださらないと……」

夢とうつつの狭間《はざま》で可愛い声を聞き、クライヴは瞼をぴくりと動かした。

この声を聞くだけで、胸に愛しさが込み上げてくる。

これまで誰かの声を愛しいと感じたことなどなかった。誰かを愛おしむということを知らなかったからかもしれない。

「クライヴ様！」

もう一度声がした。

その声色に少し困ったような色が滲んだので、クライヴはしぶしぶ眠りの名残りを払って瞼を開く。彼女を困らせたくはない。

目を開けると、目の前に最愛の妻の顔が見えた。

小さな顔の中に、形の良い鼻に、ぷくっとした唇。大きなハシバミ色の瞳は、角度を変えるとヘーゼルブラウンにも、淡いグリーンにも見える。クルクルと表情を変える彼女によく似合っている。

彼の愛妻は、今朝も大変に可愛らしい。

「……おはよう、アイリーン」

寝起きの掠れた声で言うと、アイリーンはホッとしたように微笑んで「おはようございます、クライヴ様」と返事をした。

「今日は王都へ行く日ですよ。午前中の内に出発しないといけませんから、もう起きておかれないと……」

「ああ、そうだったな……」

アイリーンに促され、クライヴはやれやれとあくびを噛み殺す。

王妃たちによる謀略が暴かれてから半年が経過していた。

王妃とローレンスの罪を明らかにすると決めた父王の決断によって、政界は一変した。

王妃の実家であるロンデル侯爵家をはじめ、第一王子派の貴族たちの多くが断罪され、爵位を剝奪され、その地位を追われた。

クライヴに被せようとしていた罪が『弑逆』であったことから、未遂であってもその罪は重い。王殺しは、血縁はおろか、その使用人に至るまでの全員が極刑に処されるほどの重罪だからだ。

特にロンデル侯爵は首謀者の一人とされ、極刑に処されることになった。

アイリーンの父親であるボーフォート伯爵も実行犯として厳罰に処されたが、企てたのは王妃とロンデル侯爵であったとされ、極刑は免れたらしい。とはいえ爵位と全ての財産を奪われ、国外追放となったそうだ。もちろん、その家族諸共である。

王妃とローレンスは王系から排斥され、現在牢獄での幽閉生活を送っている。

父王は混乱する政界を纏めるために奔走しているが、喉の痛みやつかえ、食欲不振といった持病の症状は、アイリーンの処方した薬によって軽減し快方へ向かっているようで、以前のような覇気が戻ってきたと喜んでいた。

そんな中、ローレンスが廃嫡されたため空位となった王太子の座を、クライヴが埋めることになった。父には他に王子がいないので当然だが、後味の悪い立太子となったことは否めない。

父王からは早く王都に戻って来いとせっつかれているものの、ゲインズボロを中途半端に放置するわけにはいかないと、クライヴは先延ばしにしていた。

混乱する政界を纏め直す父王を助けたい気持ちがないとは言わないが、子どもの頃から王妃に命を狙われ続けた自分を放置していたことへの不満は解消されていない。子どもじみた意趣返しではあるが、これくらいは許されるだろう。

（――それに、王都へ戻ってしまえば、こうしてアイリーンとゆっくり過ごす時間も取れなくなるだろうしな……）

王太子として父と共に国政を担って奮闘しなければならないし、さらにはアイリーンも忙しくなる。

王太子妃――ひいては王妃となるための教育を受けなくてはならないだろうし、王族の一人として公務にも駆り出されるだろう。王妃がいなくなってしまったため、いくらかはアイリーンに回ってくるだろうことは想像に難くない。

人生のほとんどの時間を平民として生きてきた彼女が、いきなり王族としての立ち振る舞いが身につくわけもなく、おそらく相当な忍耐と努力が必要となるだろう。

そんな苦行を彼女に強いなければならないのが、なんとも可哀想で心苦しい。

(……本当ならば、君はもっと自由に生きられただろうに……)

ゲインズボロの領民たちと共に、モンマルヴァの畑作りに精を出していた時の彼女を思い出す。領民たちと力を合わせて水路を作り、泥まみれになりながら大声で笑い合う姿は、いきいきとしていて、輝かんばかりの生命力に溢れていた。

(王妃になれば、ああいったこととは全く無縁の生活になってしまう)

これまでも王子妃ではあったが、ただの王子妃と王太子妃とでは立場が違う。王太子妃は、未来の王妃――この国の最も高位の女性となるのだから。

領民たちと分け隔てない関係性を築くなど言語道断、上からの物の見方、価値観を持ち、常に品位のある行動をしなくてはならなくなる。きっと窮屈な思いをするだろう。あの弾けるような笑顔が消えてしまうのではないか――そんな不吉な予感に、クライヴはため息をついた。

少しでもその時が来るのを遅らせたい。

そう願ってしまうのは、無理からぬことだろう。

「……出発は明日にしよう」

ボソリと言った提案に、アイリーンはあんぐりと口を開いた。

「いけません。これ以上陛下をお待たせしてはまずいと、昨日マーカスも言っていたではありませんか！」

確かに、連日届く父王からの帰還催促の手紙に、あのマーカスが『強制連行されるまで秒読みでございます』と青い顔をして言っていた。

「あと一日くらい大丈夫だ。誤差だろう」

「いけません。誤差だとおっしゃるなら、今日出発してもいいのではないですか？　陛下もクライヴ様のご助力を必要となさっておられるのですから……」

いつもクライヴの言うことが最優先のアイリーンが、珍しく何度も窘めてくるので、クライヴは眉を顰める。

「なんだ、そんなに王都へ行きたいのか？」

するとアイリーンはパッと顔を輝かせる。

「はい！」

まさかの返事に、クライヴの方が驚いてしまった。

「うん？　本当に王都へ行きたいのか。なぜだ？」

「王都へ行きたいというより、クライヴ様が王太子として民の前に立つお姿を、早く拝見したいのです！」

両手を胸の前で組み、うっとりとした表情で言うアイリーンに、クライヴはポカンとしてしまった。

「立太子の式のことか？」

「はい！」

確かにクライヴの立太子の儀式は、王都へ戻ってから行う予定になっていた。

だがそれをアイリーンが楽しみにしているとは思っていなかった。

「なぜそれがそんなに楽しみなんだ？」

クライヴにとっては、儀式の類はただのパフォーマンスで、やらなければいけない義務のようなものだ。聖騎士団長をしていた時、戦いに勝利するたびに凱旋《がいせん》式をさせられて、腹黒な貴族たちとの建前だけの会話をしなくてはならないのが苦痛だったからだ。

だがアイリーンはキラキラとした笑顔のまま答えた。

「クライヴ様が、いずれこの国の王となる方になったのだと、民に知らせる瞬間だからです。皆が大喜びで祝福するでしょう！　クライヴ様の神々しいお姿に、民は自分たちの幸福を約束されたと感じて、歓喜に沸き立つのです。その素晴らしい瞬間に立ち会えるなんて、考えただけで興奮してしまいます！」

未来を見てきたかのように語るアイリーンに、クライヴは苦笑が漏れる。どこか夢見がちなところは相変わらずだ。だが、それが彼女らしくもあった。

（……アイリーンにとって、儀式は民との約束なのだな）

自分とは違う視点に、クライヴは目から鱗《うろこ》が落ちたような気持ちになる。

この国の平穏と幸福を、民に約束する瞬間——そう考えれば、確かに襟を正し、覚悟して臨まねば、と思えた。

「そうだな。君の想像のようになるかどうかは分からないが、国民からそう思ってもらえるように尽力せねば」

「クライヴ様なら絶対に素晴らしい王におなりです！」

気が早い発言に、またも苦笑が浮かんだ。

ニコニコと可愛い笑顔に罪悪感が込み上げ、クライヴはその頬をそっと指で撫でながら言った。

「……君には、しなくてもいい苦労をさせることになる。すまない」

するとアイリーンは目をパチクリとさせる。

「なぜ謝るのですか？」

「君は王太子妃になりたかったわけではないだろう？　王太子妃なんぞになれば、君にはきっと窮屈な生活を強いることになってしまう」

クライヴの説明に、アイリーンは驚いた表情のまましばらく絶句していたが、やがてじっとこちらを見つめて口を開いた。

「……もしかして、私のために、王都へ行くの渋っておられたのですか？」

「いや、あー……」

図星だったが、是とするのは気が引けて口篭っていると、アイリーンは呆れたように「そうなのですね」と呟いてため息をつく。

「クライヴ様。確かに私は王太子妃になるなんて、夢にも思っていませんでした」

「……そうだろうな」

平民として暮らしていたのだから、それは当然だろう。

分かっているのに、彼女自身の口から肯定されて、少ししょんぼりとしてしまう。

「ですが、それが怖いとは思っていません。それどころか、これは運命なのだと思っています」

「運命？」

どういうことだ？　と首を捻ると、アイリーンは花が開くように微笑んだ。

「はい。私はクライヴ様に命を救っていただいた時から、あなたのお傍にお仕えできたらと夢見ていました。お傍で、この命が尽きるまで、と。王太子妃になれば、あなたの一番のお傍に、死ぬまでいられるということ……つまりは、その夢が叶うのですから、これはもう運命だと言っていいと思いませんか？」

「――」

クライヴは言葉を失った。

そんな嬉しいことを言われたら、クライヴにできることは一つだ。

「アイリーン」

愛しい妻の名前を呼び、彼女を腕の中に攫ってキスをする。

(君は、どうしていつも、俺の欲しい言葉をくれるんだろうか)

時々、彼女は自分の心が読めるのではないかと思ってしまうほどだ。

愛しさに任せたキスはすぐに深くなり、アイリーンが甘い鼻声を上げた。

「んっ……んぅ、ん」

逃げようとする彼女の小さな舌を追いかけ、絡ませて吸い上げる。舌先を尖らせて上顎を擦れば、アイリーンの体が小さく震えるのが分かった。宥めるようにその背中を撫でながら、体勢をずらして自分の上に小さな尻をのせる。

すると、異物の感触に閉じていたアイリーンの瞼がパチリと開いた。

寝起きで朝勃ちをしていた上に、愛する妻を抱き締めてキスをしているのだ。反応しない方がどうかしている。既に完全に勃ち上がっているモノの上に尻を置けば、気づかれないわけがない。

「……ダメですよ」

唇を離したアイリーンが、頬を赤くしながら軽く睨んでくる。

そんな可愛い顔でダメと言われても、とクライヴは笑った。

「ダメか」

「ダメです！　出発しないといけないんですから！」

「……うーん」

「〝うーん〟じゃないです！」

プリプリと怒りながら脚の上から降りようとするアイリーンを、腕の中に捕まえ直しながらクライヴは提案する。

「……抱かせてくれたら、今日出発する」

「……っ!?」

アイリーンはギョッとした顔になってこちらを凝視した。

お前、正気か!?　という表情だ。いやもちろん、アイリーンの口調はもっと丁寧だが。

クライヴはにっこりと微笑む。

「どうする？」

問答無用で選択を突きつけると、アイリーンは赤い顔をさらに赤くして唇を尖らせた。

「～～～ず、ずるいですよっ！」

「ずるくない。妻を愛しすぎているだけだ」

「っ、もうっ！　そういうところがずるいと言ってるんです！」

言いながら、両腕をクライヴの首に巻きつけて、ぎゅっと抱きついてくる。

同意の印ということだろう。

「ははっ、可愛いなぁ、アイリーン。愛しているよ」

「こんな時にそんなこと言われても、信用できません！」

剝《む》れる妻にキスをしながら、クライヴは着ている物を脱がせていく。彼女も自分も未だ夜着のままだったので、脱がせるのは簡単なはずなのに、抱き合っているせいで手間取ってしまう。

夜着から頭をなかなか抜けないでいるアイリーンを、クライヴはもどかしく急かした。

「早く脱いでしまえ」

抱き合う時に、衣服に邪魔されるのが嫌いだ。愛する人と肌と肌が隙間なくピタリと合わさる心地好さは、何物にも代え難い。

ようやくお互いに生まれたままの姿になると、妻の体をまさぐりながら、腰を揺らして彼女の秘裂に己の肉竿を擦り付けた。まだ濡れていない彼女のそこは、けれどすぐに蜜をこぼし始めることを、クライヴはもう知っている。

柔い乳房を食み、吸い上げて白い肌に赤い印を付ける。よく己の独占欲の証だと言われるが、自分が妻にこんなものを付けるような男だとは、アイリーンを抱くまで知らなかった。

人間とは変わるものだな、などと思いながら、小さく尖った乳首を舌で絡め取り吸い上げる。

「……っ、んっ……」

感じやすいところへの刺激に、アイリーンが甘い吐息を漏らす。

最近彼女は嬌声を堪えるようになった。最初はそれを少し面白くないと思ったが、声を出さないようにと堪える姿がまた唆《そそ》るということを発見してからは、楽しみになった。もちろん、アイリーンには内緒である。

もっとその我慢のできなかった声が聞きたいと、口の中の乳首を撫で転がしながら、もう片方も指で抓む。両方弄られると、彼女はいつも堪え切れなくなるのだ。

「はぁっ、んっ……ぁっ……！」

案の定可愛い声が漏れ出て、クライヴは大いに満足した。

両手で柳腰を摑み、蜜口に押し当てた陰茎を何度も前後させる。張り出した亀頭が包皮に隠れた陰核を擦り、その刺激にアイリーンの腰がゆらゆらと揺れ始める。柔らかな内腿が、しっとりと汗で湿り気を帯びてきて、彼女の体が準備を整えたのが分かった。

親指で陰核を弄ると、「ンンッ……！」と肩を揺らしたアイリーンが首に縋り付いてくる。ただひたすら可愛くて、クライヴはその小さな鼻に自分の鼻を擦り合わせ、とろりとしたハシバミ色の瞳を見つめた。

「愛しているよ、アイリーン」

さっきは信じられないと言われてしまったので、もう一度愛を告げると、彼女は泣きそうな顔で微笑んだ。

「私も、愛しています、クライヴ様」

愛を返してもらって、胸に甘く熱い幸福が広がっていく。

どちらからともなく唇を合わせ、互いの体を抱き締め合う。

舌を絡ませながら、手探りで彼女の入り口に自分の漲りを当てがい、腰を突き上げて一気に貫いた。

「んんん――！」

男の肉に胎の中を犯される衝撃に、アイリーンが口を塞がれたまま悲鳴を上げる。その背中を摩りながら、クライヴも腹に力を込めた。

温かく濡れた蜜襞に包まれるこの瞬間の快楽は、いつも脳が溶けそうなほど気持ちが好い。油断したら持って行かれるほどだ。

ゆっくりと膣内《なか》を掻き回すように腰をグラインドさせると、媚肉が戦慄くように熱杭に絡みついてくる。健気な動きが愛しくて、クライヴは腰を突き上げた。

「あっ、ああっ、あっ、ぃああ……っ！」

抽送が始まると、アイリーンは唇を外して鳴き始める。

淫液が泡立つ粘着質な水音を聞きながら、クライヴは笑った。突き上げると同時に、自ら腰を落としてクライヴを受け止めていることに、アイリーンが気づいているかどうか。性に目覚めていく妻を見るのはとても嬉しいし愉快だが、彼女自身はそれを恥ずかしいと思っているようだ。それがまたいいのだが。

溢れ出る愛液がぬるりとクライヴの腹を濡らしたので、それを指で拭い取り、自分のモノを咥え込んでギチギチに広がった入り口をなぞった。くるりと指を動かして上まで辿り着くと、そこにあるのは包皮からわずかに顔を覗かせた陰核だ。それを指の腹で回すように撫でると、アイリーンが悲鳴を上げて背を弓形にした。

「ヒァアッ」

強い快感に、蜜筒がぎゅうぎゅうと収斂し、膣内《なか》にいるクライヴを締めつける。脳を直撃する刺激に、クライヴの腰にゾクゾクとした快感が走り、ズンと睾丸が重くなった。

「クソ……！」

絶頂の予感に、クライヴは歯を食いしばってアイリーンの尻を鷲掴みにするようにして、腰を叩き込んでいく。

「あっ、ぁあっ、だめ、そんなしたら、ぁあっ、あぁぁあっ！」

最奥を目掛けて何度も肉棒を突き入れると、アイリーンの体にドッと汗が噴き出し、蜜筒が痙攣を始めた。彼女もその時が近い。

「アイリーン！」

切羽詰まった声で名を呼び、クライヴは最後の一突きでアイリーンの中に根元まで収めると、両腕で彼女を強く抱き締めた。

「あああっ！」

同時にアイリーンが叫び、ビクビクと全身を震わせながら高みに駆け上がり、膣壁の痙攣が一際激しくなる。食いちぎられそうなほど絞り上げられ、クライヴもまた絶頂に達した。

（ああ……最高だ）

アイリーンの子宮に勢い良く白濁を吐き出す心地好さに浸りながら、クライヴはくたりと自分に体を預ける妻の肩にキスをした。

自分の子どもなど必要ないと思っていた時期もあった。

だが今は、アイリーンとの子が欲しいと心から思う。

そう思うことができたのは、人を愛することの喜びを知ることができたからなのだろう。

「全て、君のおかげだ。愛しているよ、アイリーン」

あとがき

この本を手に取ってくださってありがとうございます。

皆様、如何《いかが》お過ごしですか。

夏野菜が美味《おい》しいこの時期、トマトやピーマン、きゅうりに茄子《なす》と、野菜ばかり食べている私ですが、体重は一向に減りません。どうして。

歳のせいか、増えた体重は戻ることがないまま、さらに加重される一方なのが最近の悩みです。

さてさて、今作のテーマは『推し』。

担当編集者様と次回作の相談をさせていただいた時に、『推し』のために湧いてくるパワーってすごいなというお話になりまして……。

そのパワーで『推し』を救う女の子の話が書きたいなぁ、ということで出来上がったお話です。（救う側が女子であるのは、私のお話のデフォルトでございます）

というわけで、ヒロインのアイリーンちゃんは行動力抜群な上にフットワークも軽いという、大変男前なキャラクターになりました。

きっと現代にいたら起業家とかになっているんじゃないかな。かっこいいじゃん。歴代のヒロインの中でもお気に入りの一人になりました！

ヒーローのクライヴ君は、寡黙で無骨な大型犬のイメージで書いたのですが、わりとよく喋っていたような気がしますね……（なぜだ）。生い立ちゆえに少々複雑なものの考え方をするので、筆者としては悩ませられましたが、なんとか書き切ることができて良かったです。

そんな二人を、とても華やかかつ精緻《せいち》に描いてくださったのは、森原八鹿《もりはらようか》先生です。

最初のイラストを拝見した時、興奮で叫んでしまいました。

一枚目のイラストをご覧になった方ならお分かりいただけると思いますが、アイリーンの惨状を呈されているシーンです。アイリーンにとってはクライヴを神様のように思うことになる重要な場面でしたので、アイリーンを大変に可哀想に描いてくださっていて、本当に嬉しかったです！

それにしても、血とバイオレンスな場面すらも麗しいなんて……森原先生凄すぎます……！（感服）

森原先生、素晴らしいイラストを、本当にありがとうございました！

今回も大変なご迷惑をおかけしました、担当編集者様。毎回私の尻を叩いてくださって本当にありがとうございます……！　ご無理をさせて、申し訳ございませんでした。おかげで本を出すことができました……（平伏）！

その他の編集者の皆様、装丁のデザイナー様や校正者様など、この本に携わってくださった全ての皆様に、感謝申し上げます。

そして最後に、最後まで読んでくださった読者の皆様に、心からの愛と感謝を込めて。

春日部《かすかべ》こみと

この本を読んでのご意見・ご感想をお待ちしております。

◆ あて先 ◆

〒101-0051
東京都千代田区神田神保町2-4-7 久月神田ビル
㈱イースト・プレス　ソーニャ文庫編集部
春日部こみと先生／森原八鹿先生

政敵《せいてき》の王子《おうじ》と結婚《けっこん》しましたが、推《お》しなので愛《あい》は望《のぞ》みません!

2024年9月6日　第1刷発行

著　　者　春日部《かすかべ》こみと
イラスト　森原八鹿《もりはらようか》
装　　丁　imagejack.inc
発 行 人　永田和泉
発 行 所　株式会社イースト・プレス
〒101－0051
東京都千代田区神田神保町2－4－7 久月神田ビル
TEL 03－5213－4700　FAX 03－5213－4701
印 刷 所　中央精版印刷株式会社

ISBN 978-4-7816-9776-5
定価はカバーに表示してあります。

Sonya ソーニャ文庫の本

『腹黒従者の恋の策略愛』 春日部こみと

イラスト 芦原モカ

Sonya ソーニャ文庫の本

『狂犬従者は愛されたい』　春日部こみと

イラスト 炎かりよ

Sonya ソーニャ文庫の本

『地味系夫の裏の顔』 春日部こみと

イラスト 涼河マコト

拒まないで。悲しすぎて
国を滅ぼしてしまうから。

敗戦国の王女として敵国の第五王子ギードに嫁いだマージョリー。力がすべての国の王子らしからぬ優しい彼との暮らしに幸せを感じていたが、初夜に突然、彼に剣で身体を貫かれてしまう。しかも目を覚ますと、なぜか結婚前に時間が巻き戻っていて……!?

『死に戻ったら、夫が魔王になって溺愛してきます』 春日部こみと
イラスト 天路ゆうつづ

もしかして、私の妻は天使かな？

『呪われた侯爵』と敬遠されるアーヴィングと結婚したハリエット。けれど初夜の床で、「君を抱くことはない」と言い放たれ、三年後には離婚するとまで言われて大混乱！ なのにその後は、ハリエットになぜか好意的。さらにある夜、彼にいきなり押し倒されて——!?

『三年後離婚するはずが、なぜか溺愛されてます』

春日部こみと
イラスト ウエハラ蜂

Sonya ソーニャ文庫の本

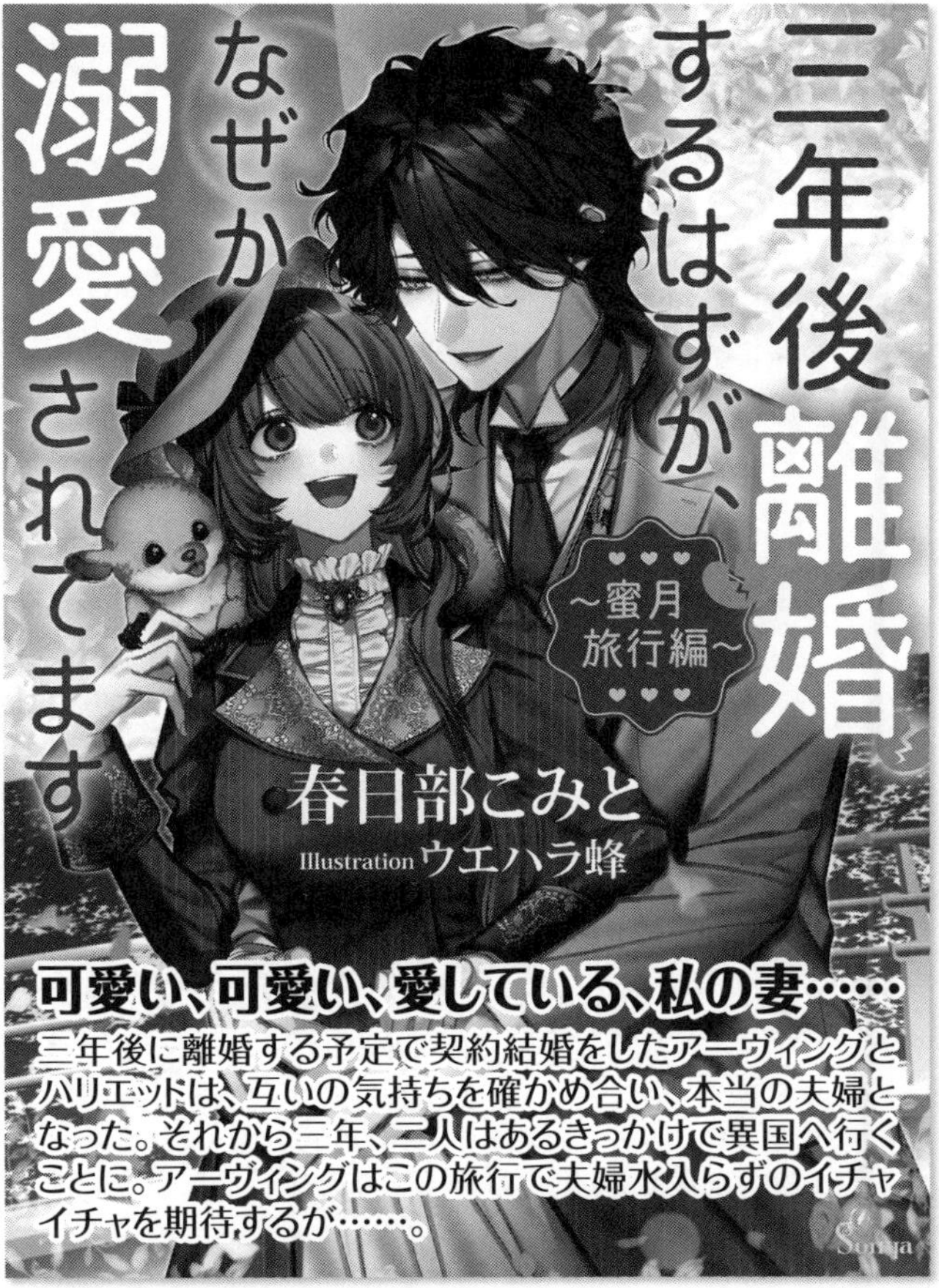

可愛い、可愛い、愛している、私の妻……

三年後に離婚する予定で契約結婚をしたアーヴィングとハリエットは、互いの気持ちを確かめ合い、本当の夫婦となった。それから三年、二人はあるきっかけで異国へ行くことに。アーヴィングはこの旅行で夫婦水入らずのイチャイチャを期待するが……。

『三年後離婚するはずが、なぜか溺愛されてます～蜜月旅行編～』 春日部こみと イラスト ウエハラ蜂

Sonya ソーニャ文庫の本

人嫌い王子が溺愛するのは私だけみたいです？
Hitogiraiojiga dekiaisurunoha watashidake mitaidesu
Illustration 氷堂れん
春日部こみと
俺をこんな気持ちにさせるのは君だけだ
危ないところを助けたことがきっかけで、元軍人エルネストの屋敷で暮らすことになったエノーラ。祖母以外の人間を知らないエノーラと、ある事情から人嫌いなエルネスト。二人は次第に心を通わせるようになるが、彼らの邂逅は国を揺るがす事態に発展し……。
Sonya

『人嫌い王子が溺愛するのは私だけみたいです？』 春日部こみと
イラスト 氷堂れん